AF561047

TOUT N'EST PAS TOUJOURS BLANC

Éditeur : Jean-Louis Courchesne

Accompagnatrice à la publication: Francesca Tremblay

Réviseure linguistique: Marjolaine Quintal

Conception graphique de la page couverture: Chantale Vincelette

Photographies: Rosane Paquette

Conception graphique de la mise en page: Annie Maltais

Tout n'est pas toujours blanc

Roman policier

ISBN 978-2-9816545-0-2 (papier)
ISBN 978-2-9816545-1-9 (pdf)
ISBN 978-2-9816545-2-6 (ePub)

Première impression: 2017

Dépôts légaux :

– Bibliothèque et Archives nationales du Québec, 2017

– Bibliothèque et Archives du Canada, 2017

Copyright © 2017 Jean-Louis Courchesne. Tous droits réservés. Toute représentation ou reproduction intégrale ou partielle faite par quelque procédé que ce soit (mécanique ou électronique), sans le consentement de l'auteur est strictement interdite.

Pour joindre l'auteur:

www.JeanLouisCourchesne.com/Auteur

jlcourchesne@videotron.ca

Jean-Louis Courchesne

TOUT N'EST PAS TOUJOURS BLANC

Ce livre a été publié par l'auteur qui a utilisé les services d'accompagnement littéraire, d'aide à l'autoédition de livres et d'impression de Publications Saguenay.
www.publicationssaguenay.com
publicationssaguenay@gmail.com

REMERCIEMENTS

Mon comité de lecture

Je tiens à remercier sincèrement les membres de mon comité de lecture qui ont donné de leur temps. Ils avaient comme mission de lire mon manuscrit et de noter leur impression générale, comme le sujet, l'histoire ou la cohérence. Il n'y avait aucune directive précise, sauf de m'indiquer leur impression, à froid. Or, au final, je suis convaincu que vous constaterez, tout comme moi, que leur dynamisme aura contribué à vous offrir un roman d'une grande qualité, à tout point de vue.

Jean-Sébastien Courchesne, Claude Dionne, Joane Michaud, Geneviève Paquette, Rosane Paquette et Claudine Porlier. MERCI! MERCI! MERCI!

Je désire également remercier pour leurs conseils : Me François Lebreux, notaire (La Prairie), Nathalène Armand, auteur (Québec), Nathalie Courchesne, dir. communication Le Gesù (Montréal), ainsi que l'ensemble de mes contributeurs.

À Rosane, enfants et petits enfants…

Chapitre 1

Montréal — 31/10/2016, 2 h 10

On frappa à la porte.

— Je sais que vous êtes là, madame. Ouvrez-moi, je suis de la police.

On frappa de nouveau. Elle demeura immobile, le regard impassible, son attention fixée sur la poignée de porte qui semblait tourner. Illusion ou réalité ? Tout à coup, elle crut apercevoir, au bas de la porte, une ombre se déplacer, puis se volatiliser. Son soulagement fut bref, car déjà, on frappait à nouveau, d'une façon beaucoup plus insistante. L'ombre était de retour. Qui était donc cet énigmatique personnage pour se présenter à cette heure de la nuit ? Était-il vraiment policier ? se questionna-t-elle.

— Madame Élise Dandurand ? Je suis Peter Laplante, inspecteur de police. J'ai à vous parler concernant Jérôme Dandurand, votre frère. Ouvrez-moi, je vous en prie !

Il connaissait son nom !

Directrice de comptes, Élise avait eu une dure journée de travail qui s'était étirée tard en soirée. Le lendemain, elle devait présenter le synopsis d'une campagne publicitaire à des clients importants. Elle ne se sentait pas du tout en état d'ouvrir, et encore moins de parler à qui que ce soit. Elle regarda sa montre, qui indiquait 2 h 10. Le temps avait passé si vite. Elle n'y croyait pas. Pour s'en assurer, elle jeta un coup d'œil à l'horloge grand-père que son oncle Henri, frère unique de son père, lui avait laissée en héritage. Un homme très riche, veuf, sans famille proche et sans enfant. Tous ses biens matériels avaient été laissés à une congrégation de bonnes sœurs. Quant à son argent, l'oncle avait légué 2 millions de dollars à Jérôme, le frère cadet d'Élise, 200 000 $ à Éther, sa sœur aînée, et certains autres montants importants à différents organismes de charité, et surtout à la Fondation québécoise du cancer, car il souffrait de cette vilaine maladie qui l'avait finalement emporté. Il se savait condamné.

Elle n'avait hérité que de cette magnifique horloge comtoise de parquet fabriquée au XVIIIe siècle en Franche-Comté, France, au design d'époque et au fronton décoré de magnifiques motifs de fleurs, assurément une pièce de collection et de grande valeur. Toujours fallait-il être connaisseur ?

Quel message l'oncle voulait-il lui envoyer, par ce legs plutôt particulier ? Si message il y avait. Il était bien 2 h 10.

Cette nuit-là, rien n'allait plus. Dans la pénombre du salon, elle s'était affaissée sur la causeuse de cuir, ce qui lui arrivait rarement. Tout allait très vite dans sa tête. Ses pensées se bousculaient les unes contre les autres sans pour autant se fixer dans son esprit, sans qu'elle puisse y mettre de l'ordre et les raisonner. Mille images minute, mille sons seconde. Des histoires de jeunesse, des passions amoureuses inassouvies, des déceptions profondes causées par de soi-disant amis qui brouillaient ses pensées. Le mépris de sa famille aussi, causé par des luttes fratricides. Elle était prise d'une incommensurable tristesse. Les yeux hagards, sans broncher, elle se mit doucement à pleurer, comme ça, fixant le vide. Des larmes coulaient nostalgiquement sur ses joues chaudes et douces.

La noirceur avait envahi l'appartement depuis longtemps. Seule la veilleuse de la cuisine projetait ses faibles rayons vers la porte d'entrée. Élise pouvait à peine apercevoir l'ombre de la personne projetée par la mince ouverture au bas de la porte. Tout en essuyant ses larmes de ses doigts effilés et gracieux, fixant cette ombre insolite, elle se redressa lentement en position assise, essayant tant bien que mal d'étouffer les craquements causés par le cuir de la causeuse où elle s'était assoupie. Elle n'osa pas se lever.

Un subterfuge. Voilà ce qui lui vint à l'esprit. Qui lui disait que c'était vrai ? À cette heure, tout bonnement, un homme frappait à la porte et demandait d'ouvrir. Et comment savait-il qu'elle était à l'intérieur ? Chaque occupant doit composer son numéro d'identification personnel sur un pavé tactile afin d'avoir accès à l'immeuble, et même d'en sortir. Tous les va-et-vient des personnes étaient enregistrés et seul le concierge y avait accès.

Devant elle, son sac à main laissé sur la table basse. Elle s'en empara, tout en évitant de faire du bruit, pour y rechercher nerveusement et péniblement, parmi tant de produits de toute sorte, les clés de sa porte d'entrée d'appartement, qu'elle repéra fort heureusement. Elle songea un instant qu'elle aurait pu les perdre ou, pire, se les faire voler ! Oh ! non ! pensa-t-elle, effrayée. Elle se devait d'avoir ses clés pour entrer dans son appartement et elle les tenait fermement dans ses mains. Alors, comment cet homme s'y était-il pris pour se rendre à sa porte ? Et Jérôme, que lui était-il arrivé ? s'interrogeait-elle, stupéfaite.

Elle revint à elle. Assécha ses larmes. Promptement, elle prit son courage à deux mains, se leva et se dirigea à pas feutrés vers la porte d'entrée tout en éprouvant de l'anxiété. Elle regarda par le judas de sa porte et, à demi-voix, demanda à ce supposé policier de s'identifier à nouveau, en exigeant de voir sa plaque, sachant qu'à l'ère d'Internet, cette dernière pouvait très bien être contrefaite et vendue à un imposteur pour quelques dollars. L'homme sentit sa présence et, en un rien de temps, défonça violemment la porte qui ne résista guère à son intense agressivité. Élise tomba à la renverse, propulsée par la secousse. Son agresseur se releva aussitôt et éjecta la porte violemment contre le mur. Celle-ci fracassa tout sur son passage : tableaux, table d'appoint, vase décoratif, fleurs, pour finalement atterrir sur l'horloge grand-père dans un terrifiant tintamarre de carillon. À demi consciente et sous le choc, la jeune désespérée tenta de se sauver en reculant sur les coudes, poussant du talon. Sans perdre un instant, tel un prédateur attaquant sa proie, l'homme lui sauta dessus. D'une main, il la prit à la gorge, et de l'autre, lui tâta l'entre-jambes pour implacablement tenter de lui arracher sa culotte et commettre l'irréparable. Elle se débattit du mieux qu'elle put, le frappant aveuglément et vigoureusement, de toutes ses forces. Elle étouffait sous l'effroyable emprise du violeur…

— Je vous répète que je suis inspecteur de police. Voyez ma plaque, dit-il en plaçant celle-ci en évidence devant le judas.

Élise vivait souvent dans un monde imaginaire, dans sa bulle. Son monde. Son métier stressant et tous ces bulletins de nouvelles, les guerres, les films d'horreur, de meurtres, de tueries qu'elle visionnait à la télé y étaient probablement pour quelque chose. Tout la fascinait, l'intriguait et, en même temps, tout l'effrayait. Elle vivait entre l'imaginaire et la réalité. C'était ancré de plus en plus profondément dans son esprit.

Revenue à la réalité, Élise vit l'insigne, du moins ce qu'elle pouvait en percevoir. Soupirant nerveusement, et à demi résolue, elle rapprocha le cale-porte sans pour autant délester la chaîne de sécurité et, avant d'ouvrir la porte lentement tout en l'empoignant solidement, elle demanda à son visiteur comment il s'était rendu jusqu'à l'étage.

— Je suis policier et votre concierge m'a laissé gentiment entrer, m'assurant que vous étiez à votre appartement. Cela vous rassure-t-il, madame Dandurand ?

La porte étant maintenant entrouverte de 10 centimètres, l'homme présenta à nouveau sa plaque, à quelques centimètres des yeux d'Élise, ce qui l'empêcha de le voir convenablement. Elle hocha la tête en signe d'acquiescement, recula illico et, pendant une fraction de seconde, elle songea à claquer la porte au nez de ce mystérieux personnage. Alors qu'il abaissait sa plaque, subitement, apparut un visage.

— Bonjour, madame... plutôt, bonsoir.

Dans la pénombre, Élise scruta attentivement cet inconnu. Mesurant un mètre quatre-vingt-huit, dans la mi-quarantaine, une barbe de fin de soirée, des yeux aux longs cils, vraisemblablement verts. Somme toute, de belle apparence et loin d'être comparable aux inspecteurs des téléséries, plutôt sombres, au complet-veston généralement froissé et à la cravate dénouée et de mauvais goût.

— Vous êtes bien Élise Dandurand, sœur de Jérôme Dandurand ?

— Oui, c'est moi ! dit-elle sur un ton sec, carrément inhospitalier.

Élise éloigna le cale-porte de son pied, dégagea la chaîne de sécurité et ouvrit le luminaire d'entrée. Elle recula de quelques pas. L'inspecteur poussa lentement la porte.

— Me permettez-vous d'entrer ?

— Qu'est-il arrivé à mon frère Jérôme pour que vous soyez ici à cette heure ?

— Permettez-moi d'insister, Jérôme Dandurand est bien votre frère ?

— Mais oui, je viens tout juste de vous le dire. Depuis sa naissance, lui répondit-elle d'un ton railleur. Que lui est-il donc arrivé ?

— Nous croyons qu'à la sortie du bar où il a passé la soirée, il...

— Ah ! Je vois. Il s'est encore saoulé, il s'est cassé la gueule et il est dans un état comateux. À quel hôpital est-il descendu cette fois-ci ? fit-elle, interrompant l'inspecteur.

— Il n'est pas à l'hôpital.

— S'il n'est pas à l'hôpital, où est-il alors ? En cellule, en psychiatrie ?

— Malheureusement, nous l'avons retrouvé mort.

— Jérôme, mort ? C'est une blague ! Vous n'êtes pas un vrai policier. Vous jouez la comédie et c'est encore un de ces sales tours qu'il aime tant jouer.

Elle se souleva sur le bout des pieds afin de regarder dans l'embrasure de la porte, au-delà des épaules de l'inspecteur étonné de sa manœuvre, et intima à son frère de se montrer la bouille : « Jérôme, sors de ta cachette et arrête ton cirque ! »

Il n'y avait personne dans ce long corridor rectiligne et terne, à l'éclairage plutôt tamisé. Ni à gauche ni à droite. Impossible de s'y cacher. Seul le chat d'une voisine longeait les murs du corridor. Il aurait fallu que Jérôme soit caché dans un appartement pour réaliser cette saynète, ou qu'il soit homme-araignée agrippé au plafond. Quelque peu naïve, elle leva les yeux au plafond pour s'en assurer.

— Madame, puisque je vous le dis. Votre frère Jérôme a été retrouvé mort aux alentours de minuit dans une ruelle au sud-est de la ville, plus précisément à l'arrière du Jack Bar.

À quelques centimètres à peine de l'inspecteur, Élise, toujours sur le bout des pieds, le fixa momentanément dans les yeux, quelque peu troublée et gênée, redescendit, tourna les talons et, silencieusement, retourna prendre place dans la causeuse de cuir craquant. Elle venait tout à coup de réaliser la gravité de la situation. L'inspecteur Laplante, qui avait pris discrètement une bonne inspiration de l'effluve sublimement agréable de cette femme fort jolie, ressemblant à s'y méprendre à l'actrice Cameron Diaz, à l'exception de la couleur de ses cheveux, dans la trentaine, grande, élancée avec son mètre soixante-dix-huit, entra et referma la porte derrière lui tout en s'ordonnant de demeurer professionnel. Il s'avança posément vers Élise.

Tête baissée, les mains plongées dans sa longue et volumineuse chevelure noire, se massant le cuir chevelu de ses doigts effilés, elle dit d'une voix étouffée et monocorde :

— Vous avez trouvé Jérôme mort, au bar où il se tenait fréquemment ?

— Vous connaissez cet endroit ?

Relevant la tête, versant quelques larmes, résignée et fixant le vide, Élise répondit :

— Non, pas vraiment et je n'y suis jamais entrée, d'ailleurs. Jérôme m'a déjà parlé, comme ça, de ce bar malfamé, de ce bouiboui, lors d'une journée de lucidité. Que dis-je, d'un moment, d'une heure, d'une minute de clairvoyance. Bref, c'était sa place. Jérôme buvait beaucoup et régulièrement. Il était excessif et ne savait jamais quand s'arrêter. Devenu millionnaire, depuis qu'il avait hérité de l'oncle Henri, il se permettait tout, du moins, c'est ce qu'il prétendait. D'ailleurs, il s'était fait, tout à coup, un tas de nouveaux amis. Ses chums. Je suppose qu'il était tellement saoul et gelé qu'il a fait une overdose, une crise cardiaque, qu'importe. Enfin. Pauvre Jérôme. Que Dieu ait son âme… si ce n'est Satan.

— Pas tout à fait.

— Comment ça, pas tout à fait ? Dieu ou Satan, qu'est-ce que cela peut bien faire ?

— En fait, il est mort par balle tirée d'un pistolet dont on ne connaît pas encore le calibre et tout laisse croire qu'il est mort sur le coup. Selon le médecin légiste, le décès remonterait aux alentours de minuit.

— Un assassinat ? Jérôme a été tué ! Voyons, c'est impossible, tout le monde l'aimait, du moins pour son fric.

— Qui vous dit que c'est un assassinat ?

— Rien. Je ne fais que supposer. C'est épouvantable. Jérôme, mon petit frère, décédé. Mais si ce n'est pas un assassinat ?

— Pour une raison qu'on ignore, il aurait pu se suicider. Nous avons trouvé des traces de poudre sur ses vêtements, ce qui laisse croire que l'arme pointait à proximité de la victime. Une analyse approfondie nous indiquera s'il y en a également sur une ou ses deux mains. Pour l'instant, c'est un des mystères que nous tenterons de percer.

— Jérôme, se suicider ! À ce que je sache, il n'a jamais touché à une arme de sa vie. Mais, si c'était le cas, vous l'auriez trouvé l'arme à la main ou quelque chose du genre.

— Effectivement. Mais des brigands sans scrupules pullulent dans ce coin de la ville bruyant et malfamé, et il est tout à fait possible qu'on ait découvert le corps inanimé, puis volé l'arme après le fait. Meurtre ou suicide, l'autopsie nous en dira plus.

— Une autopsie ! Comment ça, une autopsie ?

— C'est la procédure dans de tels cas, pour déterminer la cause de la mort. Toutefois, nous n'avons retrouvé aucun papier d'identité, ni carte de crédit, ni argent sur lui. Ce sont les gens du bar, où il a apparemment passé la soirée, qui nous ont aidés à l'identifier.

— Bon. D'accord. Mais comment m'avez-vous trouvée ?

L'inspecteur se rapprocha lentement d'Élise tout en fouillant dans la poche intérieure gauche de son imperméable gris ardoise, car c'était une soirée d'automne plutôt froide et pluvieuse. Il en ressortit un bout de papier chiffonné sur lequel était écrit, plus ou moins lisible, le griffonnage suivant : « Je t'ai bien eue, ma chère Élise. Hahaha ! »

— Nous avons retrouvé ce message dans la poche arrière droite de son pantalon. Avec l'aide d'une serveuse du bar, nous avons identifié votre frère et nous avons pu vous retrouver facilement.

— Avec ce bébête bout de papier ?

À ce moment, Élise se leva lentement, l'air hagard, se dirigea vers la fenêtre du salon, se distançant de l'inspecteur. Elle fixait la ville illuminée, du treizième étage.

— Mais... mais que voulait-il dire par ce message ? Voyons, c'est complètement ridicule.

— C'est justement ce que nous aimerions savoir, madame.

Elle se retourna vivement vers l'inspecteur et le fixa d'un regard angélique.

— Je ne vois pas en quoi je peux me rendre utile. Je n'ai pas vu mon frère depuis plusieurs semaines, voire des mois. Écoutez, monsieur l'inspecteur, ajouta-t-elle d'une voix suppliante, c'est tout un choc que je viens de subir. Mon p'tit frère qui vient de mourir, comme ça, sans crier gare. Je vous serais reconnaissante de... auriez-vous l'obligeance de quitter mon appartement, s'il vous plaît. Je veux être seule. Je suis très fatiguée. Je n'ai plus d'objectivité. Désolée. Demain matin, je dois prendre les dispositions nécessaires à...

— Je comprends, répondit l'inspecteur tout en se rapprochant d'Élise et en la fixant d'un regard réprobateur, vous ne l'avez peut-être pas rencontré personnellement depuis un certain temps, mais ne lui avez-vous pas parlé dernièrement ?

— Moi, parlé à Jérôme, absolument pas !

— Pourtant, votre numéro de téléphone et votre nom apparaissent dans le carnet d'adresses de son cellulaire et sur ce bout de papier fripé, et qui plus est, il vous a téléphoné pas plus tard qu'hier matin à 10 h 16. Nous avons vérifié. Il avait oublié son téléphone portable sur le comptoir du bar, et le tenancier l'a récupéré et nous l'a aimablement remis. Alors, madame ?

À l'évidence, Élise ne pouvait cacher cet appel de Jérôme. Résignée, elle admit : « Oui, bon. Jérôme m'a téléphoné et j'étais absente. »

— Vous a-t-il laissé un message ?

La tête baissée, fixant la carpette l'air songeur, Élise ne pouvait pas croire qu'un message aussi anodin, même insignifiant de la part de Jérôme pouvait attirer l'attention de la police.

— Oui, il m'en a laissé un.

— Que disait-il ?

— Le même message.

— Le même que…

— Oui, comme celui que vous avez retrouvé sur lui.

— Affirmant qu'il vous a bien eue ?

— De toute façon, je n'ai rien compris de ce qu'il voulait dire.

— Vous l'avez conservé ?

— Non, je ne voyais pas la nécessité de le conserver. Je l'ai effacé.

— Vous en avez déjà reçu d'autres du même genre ?

— Enivré, il m'en laissait de toutes sortes et, pour la plupart, incompréhensibles. Des conneries de son cru, si je peux dire. Il semblait aimer laisser de tels messages. Il téléphonait ici, le jour. Il savait très bien que j'étais au travail. Pourtant, il possédait mon numéro au bureau. Il ne me téléphonait jamais le soir. Il m'était presque impossible de le joindre, car je n'avais plus son numéro de cellulaire qui était, je crois, son seul appareil de communication. Probablement qu'il l'égarait ou l'oubliait ici et là et en achetait un nouveau. Ce n'est pas l'argent qui lui manquait. Bref, je n'ai jamais su à quoi il pouvait bien jouer.

— Bien. Au fait, où étiez-vous entre minuit et 2 h ?

— Euh ! s'exprima-t-elle avec hésitation, j'ai eu une longue journée au bureau, j'ai terminé vers 1 h 30 et je suis rentrée. J'arrive à peine. Ça vous va ?

Tournant la tête vers la droite, l'inspecteur reprit : « L'homme apparaissant à vos côtés sur cette photo encadrée, sur cette étagère, de qui s'agit-il ? »

— Lui ? C'est Jonathan Moore, mon copain, si je puis dire.

— Habite-t-il ici ?

— Non. Il possède son appartement dans l'ouest de la ville. Je le vois de moins en moins. D'ailleurs, je devrais, un de ces jours, me résoudre à retirer ce cadre. Ça ne va plus depuis ces derniers mois. Il n'est à peu près jamais ici. Il est distant et, disons-le, très loin d'avoir l'esprit présent. Je ne sais pas pourquoi. Je ne sais pas ce qui lui arrive.

Elle plaça le cadre à plat sur l'étagère.

— Mais, qu'est-ce que je raconte là ? Je suis à étaler ma vie amoureuse devant vous. Désolée. Une autre question, monsieur l'inspecteur ? Je n'en peux plus !

— Auriez-vous sa photo papier ou numérique, ainsi que celle de votre frère ?

— Mais, pourquoi faire ? demanda-t-elle, intriguée.

— Pour investiguer sur les personnes qui connaissaient votre frère. De la routine d'enquête. Rien de plus.

— D'accord. Je vous les transfère sur votre téléphone via Bluetooth.

Ce qu'elle fit.

— Et ces deux enfants sur cette photo, ils sont de vous ?

— Non. Ce sont mes neveux, Benjamin et Alexandre. Je ne pourrais pas avoir la patience d'être mère.

— Aussi, pourrais-je avoir l'adresse civique de votre frère, ainsi que celle de votre copain, et son numéro de cellulaire ?

Elle s'exécuta sur-le-champ.

— Je vous remercie infiniment de vote collaboration. Vous aviez raison, il commence à se faire tard, madame Dandurand, et je souhaiterais approfondir mon enquête. Comme vous êtes toujours en tenue pour sortir, pourriez-vous m'accompagner au poste de police pour...

— Quoi, vous m'arrêtez ? Ça ne va pas, la tête ? Je vis paisiblement, vous me dérangez et même m'effrayez en pleine nuit. Vous m'apprenez la mort brutale de mon frère, et comme ça, sans crier gare, vous m'arrêtez !

— Non, non, non, madame Dandurand, répondit l'inspecteur d'une voix apaisante, je vous l'assure. Je ne vous arrête pas. Ce n'est qu'une question de formalité, la routine habituelle. Comme vous êtes probablement la dernière personne à qui il a parlé, j'aimerais en savoir davantage. Ne vous inquiétez pas. On viendra vous reconduire. Aussi, je vous demanderais d'identifier le corps de votre frère.

— Moi ! Mais voyons, ma sœur Éther ne pourrait-elle pas le faire ? Je ne crois pas avoir la capacité d'accomplir cette tâche.

L'inspecteur inscrit un mémo dans son application Notes, sans pour autant répondre à Élise. Sans dire mot, il porta son regard vers la porte en guise de directive, fixa Élise dans les yeux, lui fit signe de la main et l'invita à le précéder vers la sortie.

— Je vis un cauchemar. Dites-moi que tout ça n'est pas vrai.

— C'est malheureusement la réalité, madame. Après vous !

— Bon d'accord ! se résigna-t-elle tout en endossant son manteau. Tant qu'à me morfondre, autant y aller et découvrir au plus vite où il voulait en venir.

— C'est ce qu'on essaiera de découvrir, madame, c'est ce qu'on essaiera effectivement de découvrir.

Chapitre 2

Le service funèbre

Le service funèbre ne dura qu'une heure. Jérôme avait depuis longtemps prévenu ses sœurs, il ne voulait pas être exposé au salon funéraire, et préférait la crémation à l'enterrement. Il avait dédain des vers de terre, disait-il souvent. Une obsession parmi tant d'autres pour nous, êtres humains. Son volonté fut donc respectée. La cérémonie se déroulait à la petite chapelle attenante au salon funéraire où se déroulent généralement les liturgies de la parole.

Parmi la maigre assistance, on comptait quelques-uns des soi-disant amis de Jérôme, ou plutôt des parasites du bar qu'il fréquentait, d'ailleurs encore sous l'effet de l'alcool et probablement de drogues. C'est ce que présumèrent les deux vieilles dames assises à la dernière rangée, qui n'avaient rien d'autre à faire de leurs journées que d'assister à des cérémonies funèbres, comme si elles voulaient savoir comment cela se passerait à leur mort. Elles avaient choisi l'endroit spécifiquement parce qu'une d'entre elles avait lu dans le journal un article à propos de cette tragédie. En sourdine, elles ne cessaient d'échanger des stéréotypes, des propos décousus et dépourvus de sens. En fait, des moqueries.

— Lorsque mon tour arrivera, tu sais, j'ai déjà choisi un beau cercueil avec de belles poignées en or pour mon exposition. Tu sais, les préarrangements funéraires. Pas de crémation. Tu me vois dans une petite boîte comme celle-là ?

— Je doute que tu puisses y entrer, ma vieille, dit la dame au regard amusé.

— Comment ça, ma vieille ? Tu sauras qu'à 82 ans, je suis en pleine forme. On ne pourrait pas en dire autant de toi. De toute façon, je veux un beau cercueil, et entendre de la belle musique. Une belle chanson de Céline jouée à l'orgue, ça va être beau. Dieu et René vont sûrement l'entendre et être heureux.

— Ouais ! Tu seras morte… entendre l'orgue. Hey, t'as vu le type, là-bas ? Ça doit faire longtemps qu'il n'a pas lavé ses cheveux. Et les deux femmes assises à la première rangée, j'ai lu que le défunt avait deux sœurs. Ouais. Un meurtre.

— Un meurtre, tu en es certaine ?

— Oui, oui, oui. Je l'ai lu dans le *Journal de Montréal*. Tué d'une seule balle, droit au cœur. En tout cas, l'assassin devait avoir le compas dans l'œil. Il paraît qu'il s'est fait tuer pour son argent. Millionnaire et maintenant dans cette petite boîte. C'est vous dire ce que le pouvoir de l'argent peut réduire à néant.

— Si tu l'as lu dans le journal, alors c'est vrai.

— Je ne serais pas étonnée que ce soit ses deux sœurs qui aient fomenté un complot pareil. Ça se voit souvent quand il y a de l'argent en jeu.

— Tu crois ? Mais toi, tu vois des complots et du négatif partout. Tu devrais prendre moins de pilules, ma vieille.

Assises à la première rangée, les deux sœurs Dandurand se tenaient quelque peu distantes l'une de l'autre, ne se parlant pas, ne se regardant pas. Assis à l'arrière, Jonathan Moore, le copain d'Élise, et Steve Pouliot, le mari d'Éther, les accompagnaient. Cette dernière occupait la première place du côté de l'allée centrale, en soupirant plus qu'à l'habitude. Elle avait hâte que tout soit terminé pour rentrer à la maison. Tout à coup, elle sentit une présence près d'elle. Tournant légèrement la tête de côté, elle vit l'inspecteur Laplante arriver à sa hauteur, faire une génuflexion, se relever et demander à voix basse s'il pouvait prendre place à ses côtés.

— Que faites-vous ici ? lui chuchota-t-elle les dents serrées, le visage crispé et sévère, plutôt surprise de le revoir si rapidement.

L'inspecteur lui avait rendu visite le lendemain du meurtre pour connaître son alibi et celui de son mari, qui n'était pas présent en ce début de soirée. Selon Éther, il rentrait régulièrement tard et souvent au petit matin. Il disait toujours prendre un verre avec ses meilleurs vendeurs et aussi avec des copains. Elle prétendait ne pas connaître l'endroit où il se rendait après le travail, et elle ne semblait pas en savoir davantage. Steve et son équipe vendaient à peu près tout ce qui était encore et toujours en mesure de rouler : des automobiles, des camionnettes, des motorisés, des motocyclettes... tous usagés. Ils offraient des contrats de crédit, faisant miroiter de petits paiements et une opportunité en or afin de se procurer un véhicule au meilleur prix sur le marché : « Aucune offre refusée. Votre chance pour un premier, deuxième et troisième crédit. Petits paiements. Satisfaction garantie ». Évidemment, avec des intérêts frôlant les taux usuraires, tout cela à la limite de la légalité. D'ailleurs, ils avaient des clients aux allures louches.

— Je viens me recueillir en espérant que Dieu accueille votre frère dans son royaume, murmura-t-il. Je peux m'asseoir ?

Éther se déplaça et, bien sûr, obligea Élise à en faire autant.

— Bonjour, mesdames.

— Vous n'êtes sûrement pas venu ici pour mon frère. Vous ne le connaissiez même pas et vous ne nous connaissez pas non plus, chuchota Élise.

— Maintenant oui, je vous connais, c'est donc la moindre des choses de partager la douleur que vous éprouvez en ce moment à l'égard de votre frère. Vingt-huit ans, si jeune pour mourir.

— Vous m'en direz tant. Un inspecteur au cœur sensible. Cela peut-il exister ?

— Probablement, puisque je suis ici. Bon ! Dès que la cérémonie sera terminée, je souhaiterais vous rencontrer. J'ai une ou deux questions à vous poser. Je vous attendrai à la sortie.

— Est-ce vraiment nécessaire maintenant ? Cela ne pourrait pas attendre à demain ?

— Ça ne sera pas long. Vous savez, les procédures, je n'y peux rien.

— Non, mais, vous allez vous taire. Un peu de respect, insista Éther sur un ton autoritaire. Puis, elle fit la moue en fixant l'urne.

Avant de se lever, l'inspecteur se tourna vers Éther, qui en fit autant. La fixant droit dans les yeux d'un regard impassible, se rapprochant tout en penchant la tête, il lui susurra subtilement à l'oreille : « Je vous téléphonerai demain à 14 h, précisément. Soyez-y, je compte sur vous. Et merci d'être discrète. »

Ne la quittant pas des yeux, il se retira doucement tout en lui faisant un sourire pincé. Elle le suivit des yeux et ne broncha point jusqu'à ce qu'il la quitte. Élise observa passivement la scène du coin de l'œil.

— Qu'est-ce qu'il t'a dit ?

— Rien d'important !

— Ne t'a-t-il pas murmuré quelques mots à l'oreille ?

— Il m'a encore offert ses, ses... condoléances. C'est tout, fit Éther en levant les yeux, expirant fortement, hochant la tête et l'épiant du coin de l'œil, d'un air condescendant.

Élise ne la croyait pas, mais n'en fit rien paraître. Elle fixa à nouveau l'urne posée sur son socle et se mit à rêvasser, laissant aller son imagination, qui l'amena à considérer les avantages et les inconvénients de la vie, du berceau à la mort. Le sens à donner à la vie, le sens à donner à la mort.

L'homme de Dieu ayant adressé ses invocations par une oraison funèbre de son cru, la cérémonie se termina sur une musique de l'organiste maison, plutôt banale, une mélodie de circonstance qui sembla plaire aux deux vieilles dames.

Les sœurs et leur conjoint respectif se rapprochèrent de l'urne et rendirent à Jérôme, à leur façon et sans grande émotion ni tristesse apparente, leur dernier hommage.

À la sortie de la chapelle, comme convenu, l'inspecteur Laplante les attendait. Il les invita d'un signe de la main à se joindre à lui, à l'écart des personnes présentes.

— Alors, qu'avez-vous de si important à nous annoncer pour venir nous déranger dans un pareil moment ? demanda sèchement Élise.

— Dans de telles circonstances, vous éprouvez assurément une grande tristesse.

— Et alors, c'est tout ce que vous avez à nous dire ?

— Il y a autre chose.

— La police a toujours autre chose à ajouter… Allez-y, Colombo, on vous écoute. Et soyez bref, on n'a pas que ça à faire, dit Éther.

— Bien, mesdames. Le rapport d'autopsie est formel. Votre frère Jérôme a bel et bien été assassiné, et la balistique a révélé, ce qui est étonnant d'ailleurs, qu'on ne lui a tiré qu'une seule balle en plein cœur, à bout portant, provenant d'un ancien modèle de revolver 9 mm du type Beretta, muni d'un silencieux utilisé par l'armée américaine et certains corps de police, acheté inévitablement via un réseau de contrebande. Peut-être que ce renseignement ne vous dit rien, mais pour nous, cela peut indiquer quelques pistes à suivre. Je tenais quand même à vous en informer.

— Pourquoi est-ce si étonnant ? demanda Élise.

— Il est plutôt rare qu'un assassin professionnel ne tire qu'une seule balle avec ce type d'arme à feu. À l'évidence, il avait ses raisons. C'est à se poser la question.

— C'est donc vraiment un meurtre ? ajouta Éther qui ne semblait pas étonnée. Notre petit Jérôme a été assassiné ! poursuivit-elle en haussant le ton. Tiens, probablement par un de ses soi-disant amis. Un de ceux qui étaient ici pour la cérémonie. Des chacals.

— Qu'est-ce qui vous fait dire cela ? questionna l'inspecteur.

— C'est quand même évident. Les gens qu'il côtoyait à ce bar de minus n'étaient quand même pas des anges, à ce que je sache. Vous devriez les interroger, les accuser.

— Comme je viens de le mentionner, en raison du type d'arme utilisée, c'est assurément un professionnel qui l'a tué pour exécuter un contrat ou, banalement, par hasard, votre frère s'est retrouvé sur son chemin et le tueur aura éliminé un témoin qui lui aurait été gênant. Si c'est le cas, nous risquons de ne jamais élucider ce crime odieux. Mais qui sait ? Vous savez, mesdames, j'en ai vu de toutes les couleurs dans mon métier. Il est toujours étonnant de constater qu'on peut faire beaucoup de bassesses pour des billets de banque. Y compris tuer ! On tue pour l'argent, par jalousie, par envie. Les tueurs sont des étrangers comme ils peuvent être des membres d'une même famille, proche ou lointaine.

— Que voulez-vous insinuer ? demanda spontanément Élise d'une voix plutôt provocatrice.

Éther tourna la tête vers sa sœur tout en ouvrant grand les yeux, l'air étonné. Elle regarda ensuite l'inspecteur, puis, attendant la réponse de ce dernier, elle revint vers Élise. Il y eut un silence.

— Rien de particulier, affirma l'inspecteur tout en faisant la moue et en haussant les épaules. Je vous dis cela comme ça. Cela n'a probablement rien à voir avec la mort de monsieur Dandurand. Du moins pour l'instant. Je ne connais pas encore le mobile de l'assassin, mais je le trouverai bien un de ces jours, poursuivit-il tout en fixant Élise d'un air suspicieux et avec un sourire niais. Sur ce, je vous laisse, j'ai beaucoup à faire.

— Oh, oh, oh, un instant ! N'aviez-vous pas des questions à nous poser ? demanda spontanément Élise sur un ton moralisateur.

— En effet. Mais j'ai reçu un appel il y a quelques instants. Il y aurait du nouveau qui reste à confirmer. Je vous contacterai plus tard pour vous informer davantage. Je crois que le moment n'est pas bien choisi, d'autant plus que vos conjoints semblent impatients de quitter les lieux.

En se retournant, il fixa Éther des yeux et hocha la tête en guise de salutations, esquissant un sourire de connivence. Elle fit de même. Élise se demanda pourquoi il ne l'avait pas pareillement saluée, et quelle était la signification de cette réciprocité. Y avait-il un rapport avec les murmures échangés entre l'inspecteur et Éther à la chapelle ?

Les deux sœurs rejoignirent leur compagnon, sortirent du salon funéraire et retournèrent chacune chez elle, rien d'autre n'étant prévu. Aucune réception, aucune rencontre. Et pourtant !

Chapitre 3

La découverte, la stupéfaction

— Va-t-on vraiment hériter des millions de dollars de Jérôme ? Ça me rend nerveuse, toutes ces choses qui arrivent. Ça m'angoisse.

— Voyons, Éther, tu le sais pour le testament. Ton jeune frère délinquant n'en avait fait aucun avant, et la succession, ben, c'est nous. Ne t'en fais pas.

— Comment, nous ? Je suis sa sœur et toi le beau-frère. Je ne vois pas ce que TU viens faire dans la succession. Et il y a Élise qui pourrait venir nous emmerder.

Steve la prit par les épaules et la regarda dans les yeux et, d'un sourire plutôt insignifiant, secouant légèrement la tête, lui dit : « Voyons, chérie, quand je dis nous, je veux dire toi et moi. Nous sommes mariés, ne l'oublions pas. Quand tu as hérité de ton oncle Henri, tout s'est finalement bien déroulé, à ce que je sache. Tu n'as pas à t'en faire. Et qu'est-ce que Élise vient faire là-dedans ? Elle n'a rien reçu de ton oncle, qu'une vieille horloge, et si jamais ton écervelé de frère avait fait un testament, ce qui m'étonnerait, le nom d'Élise n'y serait assurément pas mentionné. Tu sais très bien qu'il ne cessait jamais de se moquer d'elle, de son travail, de ses amants... Elle n'a donc pas à toucher à cet argent. Allez, ma douce, réchauffe-moi ce café. »

— Justement, dit-elle d'un ton rageur en reculant d'un pas, où se retrouve MON argent ? Je ne crois pas que j'aie pu en jouir tellement à ce jour. Tu es en train de dilapider mon héritage. Bagnoles de luxe, bijoux, grands restaurants, vêtements chics... Et tu feras de même avec l'héritage de Jérôme. Rien ne t'arrête quand il s'agit d'argent.

— Mais non. J'ai fait de très bons placements, tu le sais. Et quand je rencontre de grands financiers, je dois quand même bien paraître, sinon, on ne me ferait pas confiance. Tu verras, tu sauras me remercier un jour, et ce jour n'est pas très loin. Dis, tu me le réchauffes, ce café ?

— Quand ? lui hurla-t-elle, quelque peu affolée.

— Quand ! Quand ! Quand ! Bientôt. Calme-toi, ma chérie. D'ailleurs, je rencontre un fiscaliste réputé en matinée pour régler certains détails de placements financiers, et concernant l'héritage de Jérôme qu'on va recevoir. C'est de l'argent qui nous revient. Je ne vais pas laisser traîner la situation longtemps. Je te le répète, ne te fais pas de soucis avec ça, tout va très bien se passer. Notre plan se déroule comme prévu. Tu as accompli ce qu'il fallait faire.

À ce moment, la sonnerie du téléphone se fit entendre.

— Ne bouge pas, lui ordonna Éther, je n'en ai pas fini avec toi.

Le fixant d'un regard assassin, elle décrocha le combiné qui était à quelques pas.

— Allo, répondit-elle sur un ton sec, avant de poursuivre, se détournant de son mari et baissant le ton : « Inspecteur ! Ça va bien, merci. Si je suis toujours libre cet après-midi ? Mais bien sûr. C'est au sujet de Jérô... ? Oui, je vois. Vous préférez me rencontrer en personne. D'accord. À 14 h ! Oui, comme convenu, dans quelques minutes. Bien. Je vois. À tantôt. »

Sauvé par la cloche, Steve en avait profité pour s'éclipser.

En raccrochant, Éther entendit le carillon de la porte d'entrée jouer sa douce mélodie. Elle se dirigea vers le vestibule, persuadée qu'il s'agissait de la visite de l'inspecteur, et ouvrit la porte.

— Élise ! Mais que fais-tu ici ? Il a bien fallu que Jérôme meure pour que tu apparaisses. Que me vaut ta visite surprise ?

— Tu n'es pas au courant ?

— Au courant de quoi ? demanda sa soeur, visiblement déconcertée. Entre. Qu'est-ce que je devrais savoir de si important, et venant de toi ?

— L'inspecteur Laplante m'a téléphoné, il y a une heure de cela, pour m'aviser de venir ici à 14 h précises, qu'il aurait des nouvelles importantes à nous annoncer.

— En a-t-il dit davantage ? N'y... n'y... n'y aurait-il pas un rapport avec ce qu'il devait nous révéler au... au... au salon funéraire ? demanda Éther, manifestement nerveuse et perturbée.

— Mais non. Calme-toi. Qu'est-ce qui te prend ? Tu bégaies, maintenant ! Il m'a dit que c'était au sujet de Jérôme et que c'était très important. Il est presque deux heures, il ne devrait pas tarder. Prends sur toi, ma pauvre.

Effectivement, la ponctualité étant une de ses grandes qualités, sur ces entrefaites, l'inspecteur fit résonner le carillon de nouveau.

— Bonjour, mesdames. Il ne fait pas chaud aujourd'hui. L'automne se fait sentir ; le fond de l'air est de plus en plus froid. L'hiver n'est sûrement pas très loin.

— J'espère que vous n'êtes pas venu ici pour nous causer température, dit Élise sur un ton sarcastique, comme elle savait si bien le faire.

— Élise, sois plus polie, quand même, dit sa sœur, cachant maladroitement son désarroi. Entrez, inspecteur, je... je... je vous en prie, fit-elle, le regard furtif, hochant la tête en tous sens.

— Effectivement, madame, je ne suis pas météorologue.

Une fois tous assis à la table de la salle à manger, l'inspecteur prit la parole :

— Je souhaitais vous rencontrer au plus tôt. Comme je vous l'avais mentionné au salon funéraire, nous avons de nouveaux faits relatifs à votre frère. Vous comprendrez que dans de telles circonstances, nous devons obligatoirement investiguer davantage. Nous nous sommes donc rendus à son domicile de la rue Saint-Nicolas. Un vrai capharnaüm, cet appartement, comme si quelqu'un avait fouillé les lieux à la recherche de je ne sais trop quoi. En fait, nous croyons savoir que deux personnes s'y sont présentées, selon des traces différentes de gadoue séchée laissées sur le plancher. Sans doute, un homme et une femme. La fine neige qui est tombée hier peut nous révéler beaucoup de choses.

— Il n'avait quand même pas laissé son argent sous son matelas, dit Éther d'un air mi-amusé, mi-étonné.

— Vous y êtes presque. Je crois qu'on était à la recherche d'une petite fortune, sa fortune personnelle. Ces personnes ont été vraisemblablement dérangées et nous croyons qu'elles n'ont pas trouvé ce qu'elles convoitaient. Mais voici ce que nos recherches nous ont permis de découvrir.

L'inspecteur mit lentement la main dans sa poche intérieure de veston et en ressortit lentement une enveloppe brune qu'il posa sur la table en apposant les mains sur celle-ci, comme pour parer à toutes éventualités. Les deux femmes fixèrent l'enveloppe avec perplexité, se regardèrent et demeurèrent tout ouïe afin de connaître la suite.

— Qu'avez-vous trouvé ? Tout cela me semble si mystérieux.

— Voyons, Élise, sois patiente. C'est bien toi. Toujours tourmentée.

— Ah, toi ! Fous-moi la paix avec tes balivernes.

— À vrai dire, j'ai une bonne ou une mauvaise nouvelle, c'est selon.

L'inspecteur ouvrit l'enveloppe et en sortit une feuille de papier format lettre pliée en trois parties, qu'il déplia soigneusement — on aurait pu entendre le craquement du papier tellement le silence envahissait la pièce. Il la plaça sur la table et la glissa lentement mais sûrement entre les deux femmes pour qu'elles puissent lire aisément le document. Dès qu'il enleva sa main, elles mirent les leurs sur ce document pour l'approcher d'elles. En fait, il ne contenait qu'une date, le 28 octobre 2016, deux petits paragraphes écrits à la main, et une signature, probablement celle de Jérôme. Éther et Élise s'approchèrent et lurent ce qui semblait être une lettre.

> *« Mes chères sœurs. Si vous lisez ce document, c'est que je suis maintenant auprès de Dieu et que je n'ai plus besoin de rien, puisque je vis dans l'au-delà, avec maman, papa, notre énigmatique oncle Henri et tante Janine. Peut-être suis-je en enfer ? Qu'importe ! Pour éviter toutes discussions intempestives,*

j'ai décidé de léguer mes biens de la façon suivante : Moi, Jérôme Dandurand, je lègue à ma très gracieuse et pompeuse sœur Éther tous mes biens matériels, y compris mes chaussettes, toi qui m'as toujours fait chier avec ton obsession de la propreté. Je lègue à ma grande sœur adorée Élise tout mon argent, soit, au moment d'écrire ces lignes, quelque 2 millions de dollars. Je vous aimerai pour l'éternité, ne vous en déplaise !

PS Je t'ai bien eue, ma chère Éther. Ha ! Ha ! Ha ! »

Éther fit une sortie de table très remarquée, levant les bras et fixant le plafond, telle une actrice d'un film de série B. L'inspecteur en fut même très étonné. La stupéfaction se lisait sur son visage.

— C'était écrit dans le ciel. Ah, mais ! Cet emmerdeur ne me laisse que des broutilles. Tu ne dis rien, toi, LA grande sœur adorée ?

Élise était plutôt vissée sur sa chaise, un léger sourire mi-moqueur aux lèvres, perdue dans ses pensées. Puis, elle se leva tout en regardant Éther.

— Non, je n'ai rien à ajouter. C'est comme ça. Tu le connais, non ? Jérôme aura été imprévisible jusque dans l'au-delà. Il m'a désignée comme héritière. Tu devrais être heureuse pour moi. Non ?

— Dites donc, inspecteur, ce papier ne veut absolument rien dire. Il a sûrement un testament quelque part, un vrai ? Et Jérôme qui n'a jamais été du genre à faire un testament, encore moins à penser à nous. Je ne comprends pas son attitude. Non, je ne comprends pas, dit Éther, visiblement très bouleversée.

— Selon un conseiller juridique que nous avons consulté, ce document constitue un testament, un testament olographe, m'a-t-il dit, c'est-à-dire qu'il a été entièrement écrit à la main, daté et signé par votre frère Jérôme. Il a été rédigé, apparemment et selon la date inscrite, la veille de sa mort, ce qui pourrait constituer ses dernières volontés, donc son testament. C'est ce que nous avons. Mais je ne suis pas juriste. Dans le doute, je vous conseille de consulter…

Ne lui laissant pas le temps de terminer sa phrase, Éther martela sur un ton rageur : « Sans aucun doute ! Soyez certain que je vais consulter. Cela n'a tout simplement pas de bon sens. Il y a sûrement un autre papier chez un notaire, un psy... psychiatre. Je n'en sais rien, moi. Dans un coffret de sécurité, et ce document n'est que de la frime. Oui, c'est ça, dans un coffret de sûreté. »

— Dans un coffret de sûreté ? À la banque ? reprit l'inspecteur d'un air étonné.

— Je disais ça comme ça. C'est une possibilité. Je ne sais pas, moi, ce qui aurait pu lui passer par la tête. Euh, je ne sais pas, c'est possible ! insista nerveusement Éther dont les paupières se mirent à cligner involontairement et sans contrôle, souhaitant sans doute fermer le voile sur cette conversation.

— Voyons donc, Éther. Nous avons chacune reçu notre part. Je ne vois pas pourquoi tu voudrais tout avoir. Que t'arrive-t-il, soudainement ? De toute façon, ce sont les dernières volontés de notre cher frère. Alors, du vent !

—Il ne m'arrive rien. Qui sait s'il n'y a pas un autre papier quelque part, insista Éther. Qui sait si ce n'est pas un faux. Hein... qui sait ? poursuivit Éther, qui semblait très contrariée. Ah, mais, c'est toi. Oui, c'est toi qui as tout inventé. Oui, c'est ça. Tu as forcé Jérôme à écrire ce testament de sa main. Tu l'as drogué. Vipère !

— Non, mais, ça va pas, la tête ? répondit Élise en haussant le ton. Ma foi, tu as perdu la boule, tu deviens folle, tu déconnes, ma pauvre Éther. La suspicion t'aveugle et t'éloigne de la réalité.

— Pourquoi ce document, qui semble être tout à fait légal, ne constituerait-il pas ses dernières volontés ? demanda l'inspecteur avec un plissement des yeux suspicieux.

Éther feignit de ne pas avoir entendu les propos de l'inspecteur pour ne s'en prendre qu'à Élise. Le ton commençait sérieusement à monter entre les deux femmes. Élise se leva à son tour et, en s'éloignant de la table, les deux sœurs s'invectivèrent à qui mieux mieux. Maintenant debout, l'inspecteur observa la scène un bon moment avant d'intervenir.

— Mesdames, je vous en prie, soyez raisonnables ! intervint l'inspecteur d'un ton ferme. Comme vous avez pu sûrement vous en rendre compte, le document que je vous ai présenté est une copie de l'original. En voici une deuxième. Je vous conseille de consulter un juriste pour qu'il puisse faire le nécessaire afin que vous puissiez réclamer votre legs respectif. S'il y a du nouveau, je vous contacterai sans délai. Je vous demanderais d'en faire de même.

Les deux sœurs se regardèrent d'un air suspicieux, dubitatif. Puis, Éther demanda à l'inspecteur :

— Pourquoi conservez-vous l'original ? Quel en est l'intérêt ?

— Disons que cela pourrait constituer un élément de preuve, sans plus, pour l'instant.

L'inspecteur prit congé et Élise en profita pour quitter les lieux afin de retourner à son bureau. Elle venait de vivre un événement éprouvant, quoique des plus jouissifs. Une fois sur le trottoir, l'inspecteur l'invita à prendre un café sous prétexte qu'il avait de nouveaux renseignements à lui transmettre personnellement, tout en lui indiquant que sa sœur Éther les observait de la fenêtre du salon. Ils convinrent de se rencontrer, dans deux jours, pour le petit déjeuner, au savoureux Café Gabriel.

Même si elle venait d'apprendre qu'elle était devenue millionnaire, Élise était consciente qu'elle ne pourrait pas toucher à cet argent avant un bon moment, procédures notariales obligent. De toute façon, elle n'avait aucunement l'intention de délaisser son emploi qu'elle adorait, du moins pour l'année en cours.

Quand elle arriva à l'agence « Pub + Marketing », la réceptionniste la salua en lui disant qu'elle était des plus radieuses en cette journée plutôt morose, tout en lui indiquant qu'elle avait reçu deux messages téléphoniques qu'elle avait redirigés vers sa boîte vocale.

Élise était à l'emploi de l'agence depuis dix ans, et avait été promue au poste de directrice de comptes publicitaires deux ans auparavant. Elle était responsable d'une quinzaine d'employés qu'elle désignait comme ses précieux collaborateurs. Comme elle le faisait tous les jours, elle les salua tous, un à un, en leur demandant si tout allait pour le mieux. Du petit nouveau, Léo, dessinateur de talent, au sérieux Bastien, coordonnateur d'événements qui, en la croisant, ne la remarqua pas, rédigeant un message texte à un client sur son téléphone intelligent, jusqu'à l'ingénieux Tom, qui trouvait toujours une solution à tout problème. Estelle planchait sur un scénario destiné à une pub de vêtements pour jeunes dames, tandis que Frédérick s'activait à coordonner la prochaine réunion de présentation client. Élise continua sa tournée pour aboutir à son bureau. Une belle équipe !

Après avoir lu ses courriels et écouté ses messages vocaux, elle s'attendait à un message de son amoureux Jonathan, dans le but de demander des nouvelles relatives à sa rencontre chez Éther. Elle décida alors de lui écrire un courriel en prenant soin de cocher la case « confirmation de lecture ». Puis elle lui téléphona et lui laissa un mot dans sa boîte vocale. Une heure, deux, trois heures passèrent, sans nouvelle. Pourquoi tardait-il à lui répondre ?

Chapitre 4

Bob dit el Trapu

Il déverrouilla habilement et aisément la serrure, poussa très lentement la porte, entra dans l'appartement à peine éclairé, à pas feutrés, regardant rapidement à gauche et à droite, cherchant sa victime. L'œuvre de Tchaïkovski, la symphonie pathétique no 6, envahissait l'appartement. Elle était assise, somnolente, dans une causeuse, dos à l'intrus, à quelques mètres de celui-ci. Il n'hésita pas à lui tirer trois balles à travers le canapé. Afin de vérifier qu'il avait atteint son objectif, il s'approcha à la hâte. Avant même de pouvoir s'assurer que sa macabre besogne avait donné les résultats escomptés, il entendit un bruit étrange qui semblait venir du fond de l'appartement, ce qui le déstabilisa au point où il ne pensa qu'à déguerpir illico…

* * * * *

Il avait peine à ouvrir les yeux. Il faisait sombre. Une lumière attirant son regard, il tourna lentement et péniblement la tête vers la droite, et vit ce qui ressemblait à une petite lampe de lecture placée sur une table et qui l'aveuglait. La vue quelque peu brouillée, il put apercevoir un revolver, un portefeuille, des douilles de balles, différents effets dont des cartes d'identité et de crédit, des billets de banque, un passeport et, quelque peu à l'écart, une plaque de police. Il était confus et se demandait ce qui lui arrivait. Il tenta de se lever, mais il ne le pouvait pas. Une corde entourait son cou et était solidement ancrée à l'arrière de la chaise de bois où il prenait place. Pieds solidement attachés et reliés à cette dernière et mains menottées au dos ce celle-ci, il tenta de s'en dépêtrer. Plus il se démenait, plus la corde l'étouffait. Rien à faire. Il voulut parler, appeler à l'aide, dire un je ne sais trop quoi, quelques mots audibles… pour se rendre vite compte qu'il était bâillonné. Que des onomatopées.

Dans la pénombre, un grand gaillard apparut, dont il ne put distinguer le visage. Il accapara une chaise, la tourna sur elle-même à 180 degrés, prit place tout en croisant ses bras sur le dessus du dossier et le fixa sans dire mot. Ils étaient face à face, à une cinquantaine de centimètres l'un de l'autre.

L'homme écarquilla les yeux de stupeur. Pétrifié à la vue de ce personnage, il cala littéralement sur sa chaise.

— Mais, n'est-ce pas mon ami Bob ? fit le personnage sur un ton sarcastique. Bob dit el Trapu. Ça fait un bail que je ne t'ai pas vu, mon Bob. Mais dis-moi, maintenant, tu n'exécutes que de petits boulots ! C'est surprenant de ta part, Bob.

Le tireur se sachant identifié, il se débattait, sans succès, il s'étranglait, gloussait, râlait et toussait à qui mieux mieux.

— Tu devrais arrêter de fumer, ce n'est pas bon pour ta respiration. Regarde-toi. Mais, as-tu vu dans quel état tu peux te mettre ? Pas possible. Vraiment.

Voyant la colère et la pression lui monter au visage, avant qu'il ne fasse une crise cardiaque : « Bon, bon, bon, j'éprouve de l'empathie pour toi, aujourd'hui. C'est ta journée de chance. J'enlève ton bâillon, mais tu me promets d'être sage. Sinon, mononcle ne sera pas content. Tu vas être gentil, n'est-ce pas ? Oui ? »

Bob acquiesça à sa demande en hochant légèrement la tête.

— Parfait, bon garçon ! approuva-t-il, comme s'il s'adressait d'une voix douce et apaisante à un jeune pour le calmer après avoir subi une crise.

Une fois libéré, en levant les yeux, Bob s'esclaffa d'un rire niais en récitant cette douce litanie à écorcher les oreilles prudes.

— Ah, tabarnak, Laplante, stie d'marde. De kécé que j'fâ icitte, ostie ?

— Avant toute chose, on va régler une chose, mon Bob. « Icitte », comme tu le dis, c'est moi qui pose les questions. Compris, mon cher ami ?

— Chu pas ton ami, crisse ! répondit Bob sur un ton rageur.

— Ben oui. Contrairement à toi, cher ami, avant de tirer sur n'importe qui, je pose des questions. Alors, j'en ai quelques-unes à te poser, avant, peut-être, de te tirer, selon ce que je vais entendre et apprendre. Je souhaite, que dis-je, j'espère pour toi que tu seras collaboratif. Ton sort est entre tes mains. Tu vois autour de toi, oh, vas-y doucement, il ne faudrait pas que tu t'étrangles, nous sommes dans un entrepôt désaffecté bien à l'abri des indiscrétions. Il n'y a que toi et moi, « icitte ». Tu as dû noter les articles qui sont sur la table. Saurais-tu les reconnaître ? Bien sûr, Bob, que tu les reconnais. N'est-ce pas ?

Bob les avait bien sûr reconnus puisqu'ils lui appartenaient. Tout de même, il se demandait pourquoi les avoir étalés ainsi. Au fond de lui-même, tout ce à quoi il pensait était de se délivrer de ses liens et défoncer l'inspecteur. Ce dernier le devinait, comme s'il avait le pouvoir de lire dans ses pensées. Il savait qu'il ne pourrait pas se libérer de ces liens d'un simple claquement de doigts, ce que le captif, de toute façon, ne pouvait pas exécuter. La magie n'étant pas son truc.

— Alors, mon ami, on se concentre. Focus. Dis-moi qui t'a donné le contrat de descendre cette innocente victime, la nuit dernière ?

Bob le regardait avec un demi-sourire condescendant. Aucun mot ne sortit de sa bouche. Il n'était pas né de la dernière pluie. C'était l'orage permanent dans sa tête. Petit bum, sixième d'une famille de sept enfants et élevé dans un quartier très défavorisé, ses parents l'avaient échappé. Ils étaient très pauvres et ils n'avaient pas les ressources et la force nécessaires pour l'amener à emprunter le bon chemin. Quand il était plus jeune, il se faisait constamment intimider et battre parce qu'il était le petit gros laid du quartier, avait le teint quelque peu basané, d'où le surnom « el Trapu » et, pour ajouter à son malheur, un défaut de langage. Au fil des persécutions, il s'était fait une carapace et avait appris à se défendre. Entouré de voyous malfaisants, il apprit rapidement les rudiments de l'escroquerie, de l'intimidation et de la vente de drogue. Il avait déjà fait partie d'une bande de brigands, mais monter et exécuter des coups en gang n'était vraiment pas son truc. Il savait compter et, rapidement, il s'enrichissait et il put ainsi aider ses parents à reconquérir leur estime de soi. Sa mère n'était pas d'accord avec son fils, mais en même temps, il ramenait beaucoup d'argent à la maison. Ce que ses parents ne pouvaient pas lui acheter, comme une simple paire d'espadrilles dernier cri, il pouvait maintenant se l'offrir sans rien demander.

Pourquoi fréquenter l'école, comme le souhaitait désespérément sa mère ? Elle lui répétait sans cesse qu'avec l'école, il pourrait très bien réussir dans la vie. Il avait trouvé de petits boulots à gauche et à droite et se sentait exploité et humilié par ses patrons, qui eux, faisaient le cash. Il détestait l'école, et qui plus est, l'école l'emmerdait au plus haut point, alors qu'il pouvait se payer ce qu'il voulait, fumer du pot, baiser des filles, faire la fête. Mais, cette déviance avait un prix.

À maintes reprises, la police l'arrêta pour différentes inconduites et infractions. Pour une de celles-ci considérée comme grave, un juge de la Chambre de la jeunesse ordonna sa détention. Parce qu'il était mineur au moment des faits, il fut condamné à séjourner 22 mois dans un centre jeunesse destiné aux jeunes ayant des problèmes socio-affectifs récurrents. En fait, pour certaines personnes de l'ancienne garde, c'était une école de réforme pour délinquants, c'était l'école où on devait apprendre à se réformer dans le but de réintégrer la société dans l'espoir de devenir un bon citoyen. Trouver un emploi stable, se marier et avoir plusieurs enfants. Eh bien, non ! En tout cas, pas pour Bob. Dans son esprit, ce centre jeunesse aurait dû être renommé : « L'école du parfait délinquant, ou comment peaufiner ses méfaits sans se faire prendre : trucs et astuces ». Il fit plusieurs fugues et commit bon nombre de méfaits. La police l'arrêtait à répétition et le ramenait au centre. Il connut l'isolement et vécut très mal les conséquences de ses fugues. Il finit par comprendre le système et s'y conformer : être sage pendant un moment, plier sur son orgueil, manipuler le personnel éducatif et gagner leur confiance pour obtenir des sorties. Revenir à l'heure prévue. Être récompensé… et planifier sa prochaine fugue.

À ses 18 ans, il sortit finalement de cet établissement, plus confiant que jamais, et se fit oublier… pour un certain temps. Il avait acquis toutes les compétences pour être un bon gangster et il en était devenu un. Il reprit contact avec sa gang, mais bien des choses avaient changé, ce qui ne faisait pas son affaire. Il décida de travailler en solo jusqu'à accepter des contrats d'intimidation et de menaces, et éventuellement, de meurtres ! Oui, meurtrier.

Alors qu'il revenait à la maison au petit matin d'un début de printemps, sa mère, ses frères et sœurs, oncles, tantes, grands-parents, voisins… étaient tous attablés, non pas pour festoyer, mais pour se consoler. Son père Lucien avait été retrouvé mort dans le vieux hangar, à l'arrière de la maison familiale. On l'avait poignardé à mort d'une dizaine de coups parce qu'il devait de l'argent à un prêteur usuraire. Durant son séjour à l'école de la délinquance, Bob ne rapportait plus d'argent à la maison. Devenu chômeur, son père, pour la survie de sa famille, avait dû malheureusement contracter des emprunts auprès de gens malveillants, car les banques refusaient, tour à tour, de lui accorder un répit. Il était endetté jusqu'au cou et ne pouvait plus rembourser son emprunt, ne serait-ce que les frais d'intérêts indécents et démesurés.

Depuis ce temps, le cerveau de Bob ne fonctionnait plus comme avant. Il se sentit coupable de la mort de son père et s'était promis, sur sa tombe, de le venger et de sauver son honneur. Après quelques mois de recherche, il retrouva l'assassin et le kidnappa à l'aide d'une arme de poing qu'il s'était procuré facilement sur le marché noir. Facilement. Il l'assomma en lui portant un coup de crosse à la tête, liant ses pieds et ses mains à l'aide d'un ruban *Duck*

Tape, et lui scotcha la bouche. Arrivé en bordure d'une ancienne carrière complètement déserte, il le sortit de la camionnette. Sa victime était revenue à elle et encore étourdie, il la fit mettre à genoux. « Alors, cé toué ça, DumpBo, qui a prêté d'l'argent à mon père pis que tu l'as tué, mon ostie », avait-il dit avant de lui donner un solide coup de poing au visage, ce qui avait fait tomber l'homme sur le côté, la tête dans le vide, du haut de cette carrière d'une profondeur de plus d'une centaine de mètres. La frayeur se lisait sur son visage. Bob l'agrippa férocement et le redressa. Il ajouta, à quelques centimètres de son visage pétrifié : « Tu'voué, mon tabarnak, t'as été trahi par tes chums. Avec un peu d'bacon, on a tout c'q'on veut. » Il lui retira une partie du ruban masquant sa bouche, et l'autre en profita pour essayer de se défendre : « Non, c'pas mouin. J'ai rien faite. T'es mal renseigné. J'te'le dis. Cré-mouin, j'ai rien à voir avec ça. Je t'en supplie, libère-mouin. »

Bob hocha la tête : « Ben oui, j'te cré. Fa-mouin pas brailler. » Il n'en croyait rien, il était très bien renseigné : « T'as tué mon père de 10 coups de couteau, mon ostie », poursuivit-il, lui masquant à nouveau la bouche. « Il a souffert en crisse. Sais-tu c'que ça r'présente, ça ? » demanda-t-il, sortant un couteau de chasse qu'il avait en étui et le faisant tournoyer devant la face crispée de DumpBo. Bob lui empoigna fermement la mâchoire inférieure de la main gauche et le darda violemment aux deux cuisses : « LE SAIS-TU, MON CRISSE ? LE RESSENS-TU ? » hurla-t-il, répétant son geste près du ventre. Sa victime se tordit de douleur, gémissant lamentablement. « Là, t'en as reçu quatre coups, et voici le cinquième et le sixième », poursuivit-il, transperçant ses biceps. Le sang giclait de partout. Puis, le tortionnaire se plaça debout à l'arrière de sa victime, lui tenant la tête serrée de son bras gauche. « Pis, mon DumpBo, de quecé que tu'ressens, là ? Cé ça q't'as fait à mon père, mon calvaire. » Bob lui criait sa haine. Sans attendre, il lui assena les quatre derniers coups au thorax avec une rage sans précédent. Il le laissa choir au sol. Il le vit tomber au ralenti, au même endroit, la tête dans le vide. Il lui arracha, d'un geste vif, le ruban de la bouche. Le sang coulait abondamment. DumpBo respirait à peine. « Kin, mon ostie, j'ai vengé mon père. Décolisse ! » conclut Bob, le poussant dans le vide à coups de pieds au dos.

Bob, debout, contempla le splendide coucher de soleil.

Avant de quitter les lieux du crime, il enleva ses vêtements et chaussures et les brûla. Il en enfila d'autres et repartit, sans pour autant oublier le portefeuille de sa victime. C'était son habitude de dépouiller ceux qui osaient le défier. Mais, c'était la première fois qu'il exécutait une personne. Tout au long de son trajet de retour, quoique satisfait d'avoir vengé son père, il revoyait la scène en boucle. Arrivé à destination, Bob trouva la nuit longue et très agitée. Il venait de réaliser qu'il avait enlevé la vie d'une personne, un être humain. Il eut un choc !

— Je vois. Tu ne veux pas m'aider à résoudre mon enquête, dit l'inspecteur. Je vais te dire une chose ou deux, mon ami. Tu sais, j'ai servi dans les forces spéciales canadiennes en Afghanistan. Pas drôle, là-bas. Hum, vraiment pas drôle. La mission que mes supérieurs m'avaient confiée était de faire parler quelques-uns des prisonniers que nous appelions très affectueusement « nos pensionnaires de passage ». L'objectif était de protéger nos troupes des mines, des attentats, de connaître leurs chefs, leurs fiefs. Tu comprends ? De temps en temps, j'en échappais un ou deux, poursuivit-il, tout en mimant ses méthodes d'interrogation, disons-le, pas très orthodoxes. Tous pour un, un pour tous. Tout pour notre mère patrie. C'est la vie, quoi ! Les premières fois que ça m'est arrivé, ça m'a drôlement affecté. Ouf ! Mais, avec le temps, on se justifie, on s'y habitue. Tu en connais un sacré rayon, Bob. Bizarre comme feeling, n'est-ce pas ?

« Pour certains de mes collègues, ce n'était que des bêtes sauvages qui ne méritaient pas de vivre, puisque leur seule raison de vivre était d'enlever des vies. Ne trouves-tu pas cela étrange ? Vivre pour enlever la vie à une personne dont on ne connaît même pas le nom. Ce n'est pas un peu ce que tu as fait, hier, Bob ? Puis, arrive inévitablement la vengeance. D'autres vies sont alors supprimées par ceux qui vivent pour enlever d'autres vies. Ouf ! Quand j'y pense, nous ne sommes pas sortis du bois. Qu'en dis-tu, Bob ?

« Que veux-tu, certains ne voulaient pas se mettre à table. Pourtant, j'étais si gentil avec eux. Je ne souhaitais que leur collaboration. Après, je les relâchais. Leur destinée ne m'appartenait plus. C'est comme ici, Bob, tout se faisait à l'écart, en secret. Ni vu ni connu. Alors, voici ce qu'on va faire. Tu réponds à mes questions et je te libère. *Deal* ?

L'air hagard, se mordillant les lèvres, Bob feignait d'être indifférent au discours de l'inspecteur, tout en sachant très bien que celui-ci pourrait être très persuasif s'il n'obtenait pas ce qu'il demandait. Il avait déjà goûté à sa médecine. Autant l'inspecteur pouvait être avenant, charmant, affable, autant il pouvait devenir très convaincant, n'hésitant pas à utiliser tous les moyens à sa disposition… et plus, si la situation l'exigeait. Bob accepta donc sa proposition.

— Ça tient pas d'boute ton affaire, stie. J'te dis ce que j'sais pis tu m'libères. Cé ça ton *deal* ? demanda-t-il, sceptique.

— Bon, te voilà rendu raisonnable. Tu as tout compris. Stie !

Chapitre 5

Le petit-déjeuner

Tout comme l'inspecteur, Élise était d'une ponctualité exemplaire, elle arriva au Café Gabriel à l'heure convenue. Il était 6 h 30. À sa vue, l'inspecteur, déjà attablé, se leva et lui signifia de se joindre à lui. Une fois les questions d'usage — bonjour, comment allez-vous, bien, et vous… — posées et répondues, ils s'assirent. Le serveur se pointa.

— Cher inspecteur, qu'avez-vous à m'apprendre aujourd'hui que je ne saurais déjà ?

— En fait, je souhaiterais en connaître davantage sur votre famille, vos parents, les interrelations, et en particulier avec votre sœur Éther. J'ai cru déceler qu'il y avait une grande tension entre vous deux, qui ne semble pas dater d'hier. Et avec ce drame et tout ce qui s'en est suivi…

— Entre nous ? l'interrompit-elle, sourire en coin. Bof ! Si vous le souhaitez.

Ses parents, Jean-Guy Dandurand et Édith Breton, s'étaient rencontrés à la Polytechnique de l'Université de Montréal, lui étudiant en génie mécanique et elle, en génie civil. Leurs regards s'étaient croisés, à plusieurs reprises. Puis, ils s'étaient fréquentés durant leurs études et, à la remise des diplômes, Jean-Guy avait demandé la main d'Édith. Ils s'étaient mariés et ils avaient résidé dans un petit logement du Centre-Sud de Montréal, à proximité de leur travail, qu'ils avaient obtenu immédiatement à la fin de leur formation. Après quelques années, les prêts étudiants remboursés, et ayant maintenant de bons salaires, ils avaient souhaité fonder une famille. Ils avaient décidé de s'installer à Boucherville, sur la rive sud de Montréal, en devenant propriétaires d'une grande maison, afin d'élever leurs futurs enfants. Déformation professionnelle oblige, tout avait été planifié dans les moindres détails : proximité des écoles, des parcs, de l'épicerie. C'était leur conception d'une vie familiale.

Éther et Élise n'avaient jamais vraiment fait bon ménage. Leurs parents n'en avaient que pour le petit dernier, Jérôme, tout comme l'oncle Henri et son épouse Janine. À sa naissance, Éther était déjà la coqueluche de la famille, étant le premier enfant de la famille Dandurand. Sa mère désirait plus que tout une fille, à l'opposé de son mari Jean-Guy, qui avait souhaité qu'elle lui donne un garçon. Il le voyait déjà jouer pour les Canadiens de Montréal. Bon joueur, il se disait qu'il pourrait se reprendre, car Édith et lui avaient, lors de leur nuit de noces, pactisé pour une famille de deux enfants, à la limite trois petits Dandurand. Selon ce que la nature leur réservait, le prénom des filles devrait commencer par la lettre « É » et ceux des garçons par la lettre « J » et pas question de prénoms composés. Cette première naissance avait mis en gaieté toute la famille : les oncles, les tantes, grands-pères, grands-mères, et les amis des parents. Du coup, Éther était devenue la reine de la famille, l'enfant-roi du royaume des Dandurand-Breton. Tous la surnommaient affectueusement « notre précieuse petite fifille ».

Six ans plus tard, Édith avait donné naissance à son deuxième bébé, une jolie fille prénommée Élise qui, bien malgré elle, était venue brouiller les cartes. Il ne restait donc qu'une dernière chance pour ce père de famille d'avoir un garçon, éventuellement hockeyeur. Jean-Guy avait été un bon joueur de hockey, se rendant jusqu'au niveau junior, mais n'avait pas la carrure nécessaire pour se rendre plus loin. Il s'était déjà imaginé avoir trois garçons hockeyeurs, son premier trio offensif. En vain.

Alors que tous les projecteurs étaient braqués sur Éther, ils avaient rapidement pivoté vers le nouveau chouchou de la famille, la laissant dans l'ombre de cette nouvelle venue. Du coup, elle était devenue deuxième, et pour un enfant d'à peine six ans qui avait grandi dans la perspective de tout avoir sans le demander, ce fut malencontreusement la catastrophe.

Dans son imaginaire d'enfant, plus personne ne s'intéressait à elle. Elle était devenue profondément perturbée et des plus déstabilisantes. Se croyant délaissée par ses parents, Éther était devenue désagréable, voire détestable, au point où sa mère avait dû intervenir souvent et de plus en plus, car le début de la première année scolaire de sa fille n'avait pas été de tout repos, et pas du tout ce à quoi elle s'était attendue. Éther ne supportait pas ce fichu bébé qui, dans son imaginaire, prenait sa place. Elle faisait des cauchemars à répétition. Elle haïssait Élise pour la tuer, sans pour autant approfondir cette pensée macabre pour une fillette. Petit à petit, les choses avaient semblé s'arranger pour le mieux, mais en vain.

Puis, Jean-Guy avait été récompensé : la naissance de Jérôme. Un garçon qu'il voyait comme la future vedette du maniement de la rondelle, déjouant habilement, et avec grande intelligence et perspicacité, tous les meilleurs gardiens de but au monde. Le Gretzky, le Lemieux, le Rocket du futur. Son avenir était assuré. Du moins, c'est ce qu'il croyait profondément.

Un très beau bébé en santé, avait déclaré le médecin entouré d'infirmières enthousiastes et joyeuses. Difficile à croire qu'un bébé naissant, il y avait à peine quelques secondes, ait été aussi beau. Mais là n'était pas la question pour la maman des plus heureuses et le papa comblé et béni des dieux.

— Papa n'en avait que pour le p'tit Jérôme. Éther et moi, nous nous sentions abandonnées. Dans nos têtes d'enfants, nous n'étions plus ses petites filles chéries. Après tout, peut-être que oui, mais nous ne le sentions plus. Être ignoré peut sembler banal, mais à partir de là, nos vies se sont transformées, du moins la mienne. Éther a été beaucoup plus affectée que moi. Déjà qu'elle ne m'avait pas acceptée dans sa vie de petite princesse, Jérôme était devenu de trop. Elle ne le portait pas dans son cœur. Oh, que non !

— Et la relation mère-fille ?

— Maman nous aimait « égales ». Comme pour se le prouver à elle-même, elle nous le répétait sans cesse. Elle ressentait toujours une certaine obligation de se justifier auprès de nous deux, de la famille, des voisins. Pour le ramener à l'ordre, il n'était pas rare de la voir tenter de freiner la frénésie et l'enthousiasme débordant de papa à l'égard du frérot. Rien n'y fit. Il avait un gars, son garçon que le Bon Dieu lui avait donné. Il l'amenait partout. Quant à nous, c'était le confinement à la maison. Du moins, c'est ce que je ressentais, c'est ce que je vivais, finalement, cette absence d'un père qui était pourtant présent jusqu'à l'arrivée de son gars.

— Mais alors, avez-vous eu une enfance heureuse ?

— Oui, comme l'affirmait maman, nous ne manquions de rien. Et non, car nous avions perdu l'amour de papa. Il était même devenu plus autoritaire envers nous, distant.

— Et votre sœur Éther, quel était son comportement envers vous et Jérôme ?

— Éther n'a jamais pu guérir de sa folie, un cas de psychiatrie. L'envie, la jalousie, son appétit matérialiste inassouvi, même si elle le niait. Elle était et est toujours très capricieuse, a toujours raison, toujours le dernier mot, ne distingue pas le blanc du noir, impatiente, mauvaise... C'était et c'est une vraie plaie ouverte pour notre famille, qui ne guérira jamais de son vivant et qui ne se refermera qu'à sa mort.

— De durs propos envers votre sœur !

— Ce n'est rien en comparaison avec ce qu'elle m'a fait endurer.

— Et encore ?

— Ce n'est pas si important que ça, soupira-t-elle. Mais, à voir vos yeux plissés et votre regard interrogatif, vous souhaiteriez en savoir davantage sur nos relations familiales. N'est-ce pas ?

— Perspicace. Effectivement.

Jeune adolescente, Élise perdit ses parents dans un tragique accident d'automobile. Jérôme avait alors 10 ans et Éther venait de souffler ses 20 chandelles. Avait-elle fait un vœu comme le veut la tradition ? Comme à tous les dimanches d'été, et même jusqu'à tard à l'automne, ses parents parcouraient, entre autres, les campagnes de Lanaudière, des Laurentides, des Cantons-de-l'Est ou encore des Bois-Francs, profitant de la vue bucolique sur ces paysages, ces champs aux moissons naissantes ou à maturité, selon les saisons. Ces montagnes majestueuses et ces vallées et forêts florissantes à perte de vue. Traversant de pittoresques villages, il leur arrivait de s'y arrêter le temps de faire une promenade afin de se délier les jambes ou pour tout simplement s'attabler dans un café ou un bistro, ou même à une cantine située en bordure de route pour une petite frite et un Pepsi, avec deux pailles, à discuter de tout et de rien.

Comme leur père le leur disait avant de partir : « Votre mère et moi, on va faire un tour de char. On revient pour le souper. Soyez sages ! » Depuis un certain temps, les enfants ne suivaient plus leurs parents pour ce tour de char. Ils s'en étaient lassés. Ils préféraient rester à la maison ou jouer avec leurs amis, ce qui inquiétait quelque peu leur mère, tout en sachant qu'elle devrait un jour ou l'autre lâcher prise et les laisser grandir et évoluer dans leur monde. Jean-Guy avait confié son autorité à Éther, le temps de la balade dans la nature, ce qui ne faisait pas, mais alors pas du tout, l'affaire d'Élise et de Jérôme qui devaient se plier à son autorité maladive. Dès que l'occasion se présentait, ils trouvaient le moyen d'y échapper en s'en éloignant le plus possible, ce qui augmentait le pouvoir hystérique de la reine Éther. En fait, elle voulait les chasser de son royaume, comme s'ils devenaient tout à coup des intrus, des ennemis, régner en monarque et garder le plein contrôle de son territoire, la maison. Un abus d'autorité qui n'était jamais contesté, oh non, par crainte de représailles.

— J'en suis désolé. En fait, vos parents sont décédés lors d'une de leurs balades dominicales, dit l'inspecteur avec un regard empathique.

Il y eut un silence. Élise baissa la tête, fixant sa tasse de café qu'elle serra entre ses mains. Relevant la tête, fixant l'inspecteur, elle lui répondit d'une douce voix : « Oui ! Malheureusement. Ils sont partis trop vite. Je n'avais que quatorze ans. J'ai ressenti énormément de peine. Quand j'y repense, c'est, c'est... »

— Difficile.

— Comme vous ne pouvez pas l'imaginer, inspecteur, répondit Élise, versant quelques larmes qu'elle s'empressa d'essuyer avec sa serviette de table. Même après 18 ans, ça ne s'oublie pas. En tout cas, pour moi.

Lors d'une tournée dominicale, sur une route de cette campagne qu'ils affectionnaient, le drame se produisit. À l'arrivée d'un carrefour, Jean-Guy décida de tourner à droite. Il fit son arrêt obligatoire. À sa gauche vint un camion-remorque dont le clignotant indiquait l'intention du conducteur d'emprunter la route que l'auto du couple se préparait à quitter, ce qui fut fait, laissant ainsi la place libre au conducteur de ce poids lourd pour qu'il puisse aisément effectuer sa manœuvre. Au même moment, doublant ce camion-remorque, une camionnette se pointa au carrefour à vive allure. Une automobile venait en sens contraire. Pour éviter une collision frontale, ce conducteur des plus téméraires tenta de reprendre la voie de droite, mais il y avait un obstacle inattendu sur sa trajectoire. Il aperçut à la dernière seconde l'auto du couple. Aucune chance d'esquiver. Trop tard ! Une violente collision s'ensuivit. La camionnette frappa de plein fouet l'auto de Jean-Guy à la hauteur de sa portière. Sous le coup de l'impact, d'une violence inouïe, l'auto se retrouva dix mètres plus loin et atterrit dans le fossé. Malgré sa ceinture de sécurité bouclée, Édith fut projetée hors de l'auto et se retrouva inconsciente aux abords d'un champ d'avoine. Jean-Guy fut tué sur le coup, tandis que son épouse décéda lors de son transport vers l'hôpital.

— Ouf ! soupira l'inspecteur.

— Eh oui. Aucune chance. Pourtant, c'était une très belle journée d'été. Un ciel bleu et dégagé de ses nuages. Un temps clair. Un paysage de carte postale. Ce fut leur dernier tour de char. D'ailleurs, mon père nous avait déjà raconté qu'un Dandurand, Ucal-Henri de son prénom, fut le premier en 1899 à conduire une automobile dans les rues de Montréal. Il en était très fier et c'était sûrement en partie pour cette raison qu'il adorait conduire son auto. Mourir au volant… Quelle ironie du sort !

— Ils doivent vous manquer ?

— Énormément, dit-elle d'une voix douce et triste, plissant les lèvres.

— Si vous le souhaitez, nous pouvons remettre cette conversation à plus tard.

— Non ! Ça m'a fait un grand bien d'en parler. Je suis désolée de vous avoir embêté avec mon histoire.

— Absolument pas, je vous assure.

— Oh ! Je me souviens d'un événement qui m'avait profondément marquée. Plus jeunes, nous partions toute la famille pour ces randonnées dominicales. Mon papa avait une préférence musicale : « Harmonium », le groupe mythique des années 72 -76, je crois. Papa et maman tripaient sur leur musique originale et inspirante. Ils adoraient l'album L'Heptade, en particulier la chanson « Comme un sage ». Il avait inséré la cassette dans le lecteur, monté le son et ils avaient chanté ensemble. Je me souviens de quelques paroles :

C'est toujours pour l'amour qu'on devient fou
Ça doit être plein d'amour, parce que c'est plein d'fous tout partout
Comme si on avait tous peur de se l'dire
Qu'on a du mal à naître à se regarder mourir

J'voudrais pouvoir t'offrir le peu que j'sais
Y'a deux importances, la première c'est toi pis moi
L'autre c'est qu'il nous reste encore un autre jour
Le matin se lève encore sur toi, mon amour

Comme un sage
Monte dans les nuages
Monte d'un étage
Viens voir le paysage

— Comme un sage
Monte dans les nuages
Monte d'un étage
Laisse-moi voir ton visage[1]

— Vous connaissez ? demanda Élise, visiblement ravie.

— Ça fait partie de mon répertoire musical.

— Pour un flic, vous êtes cool !

— Sachez, madame, que je suis un humain, un homme comme tant d'autres.

— Excusez-moi, répondit-elle, rougissant de gêne. Bien. Bon. Euh... Où en étais-je, déjà ?

— Vous me décriviez les sévices que votre sœur vous faisait subir, précisa l'inspecteur, savourant chacune des paroles de la jeune femme.

Éther n'en manquait jamais une. À l'époque où elle était devenue la coqueluche de la famille, Élise avait ce qu'on peut appeler une très belle tête: longs cheveux châtains foncés,

1 Harmonium, Comme un sage, Serge Fiori, Album : L'Heptade, CD CBS Disques Canada G2K90348, 1976.

de merveilleux yeux bleus pétillants de gaieté, de longs cils fournis, de belles joues roses surmontées d'un fort joli nez fin et des lèvres mi-charnues, comme sa maman. Tout pour plaire à la parenté et déplaire à Éther, la jalouse et l'envieuse. Pour blesser sa jeune sœur, elle lui répétait sans cesse que ses cils étaient laids, trop longs. Et pour preuve, elle citait et déformait les propos admiratifs de leurs tantes qui lui disaient: « Ah, que tu as de longs cils. J'aimerais en avoir, aussi, ma petite. C'est faux. Elles te mentent, rient de toi avec leurs larges sourires hypocrites. Réveille-toi. Tu ne vois rien. Normal, tu as de trop grands cils. Pauvre idiote. » À force d'entendre cette litanie de reproches, l'esprit d'Élise commença à se faire à l'idée, à comprendre autre chose et à reformuler ce qu'elle entendait de part et d'autre et à se demander si, finalement, on ne se moquait pas d'elle et de ses longs cils. Dans sa tête de jeune enfant, l'absence de compréhension, le vide de sens et l'inconnu provoquèrent un traumatisme psychologique, voire une forme de paranoïa. Elle faillit même couper ses cils pour en finir avec ces soi-disant sarcasmes qu'elle finit par croire, ce qu'encouragea, bien sûr, Éther. Heureusement, tante Janine prit conscience de cette quasi-mésaventure et intervint à temps, coupant court à la manipulation d'Éther.

— Vous voyez, ça, c'était et c'est encore ma chère sœur. Et je crois que son cas ne s'est pas amélioré en vieillissant. On me disait également que j'avais des doigts pour jouer du piano. Éther ne cessait de me décourager, me répétant que mes doigts étaient trop longs et qu'ils pourraient s'accrocher aux touches noires. C'était comme ça sur tout,

tout, tout. Il y en a d'autres. Je crois que je vous en ai assez dit. Ça vous donne tout de même un portrait de mes relations familiales.

— Et la disparition inattendue de votre frère Jérôme vous a...

— Sa mort, l'interrompit-elle, dans de telles circonstances, m'a grandement bouleversée, affectée. Je ne comprends pas encore et je le comprendrai sûrement si, seulement si, ce crime est résolu. Ça dépasse mon entendement. Mais, étrangement, je n'ai rien senti de tel chez ma sœur. Pour elle, c'est comme si ce meurtre était un fait divers, d'un inconnu retrouvé assassiné à l'arrière d'un bar quelconque, d'une ville anonyme. Tout ce que j'en retiens, c'est son obsession pour ce foutu testament. Bizarre, conclut-elle, fronçant les sourcils.

— En effet, c'est un peu ce qui me titille l'esprit. Je n'ai rien ressenti chez votre sœur. Avec toutes mes années de service aux enquêtes criminelles, cela me semble un cas particulièrement unique.

L'inspecteur profita du passage de la serveuse : « Pardon, madame. Pourriez-vous réchauffer nos cafés ? Merci ! »

— Et vous, Peter, je peux vous appeler Peter ?

— Euh... Mais, avant toute chose, je souhaiterais avoir réponse à deux questions qui me trottent dans la tête depuis la nuit de ma visite à votre appartement, où vous m'aviez affirmé que vous étiez rentrée à votre domicile immédiatement après le travail. Je crois bien que vous m'avez, comment dire, menti. N'est-ce pas ?

— Mais voyons donc, pourquoi vous aurais-je dit des faussetés ?

Voyant le sourire en coin de l'inspecteur, elle se savait contrainte à tout déballer.

— Bon ! Oui, je suis arrivée environ 15 minutes avant que vous vous présentiez à ma porte.

— Mais pas de votre bureau.

— Comment le savez-vous ?

— Devinez ?

—Le concierge de mon immeuble ?

— Pour votre arrivée à l'appartement, oui. Toutefois, le surveillant de l'édifice où vous travaillez m'a confirmé que vous l'aviez quitté à 23 h 17. Il note tout, ce mec. Donc, ma question : « Où étiez-vous entre 23 h 17 et 2 h 10 ? »

— D'accord. Je suis cuite et je constate que vous êtes très bien renseigné et efficace. Allez, passez-moi les menottes, fit-elle, allongeant les bras, mi-sourire. En bref, j'ai rejoint des copines dans un bar branché du Vieux-Montréal. Je suppose que vous souhaiteriez avoir son nom et son adresse, et connaître l'identité de mes copines ?

— Non. Ce ne sera pas nécessaire. Je tenais seulement à vous l'entendre dire. C'est maintenant noté. Dossier clos.

— Ah ! Et la deuxième question ?

— Je souhaiterais connaître la date où votre frère a reçu son héritage.

— Attendez voir, dit-elle, cherchant dans son cellulaire. La lecture du testament a été effectuée le 12 octobre dernier, à 10 h, et le notaire lui a remis un chèque de 2 millions de dollars.

— Merci grandement, ça pourrait me servir dans mon enquête.

— C'est tout ?

— Et, oui, j'accepte volontiers.

— Vous acceptez ?

— Que vous m'appeliez Peter, si vous acceptez que je vous appelle Élise.

— Ah bon ! répondit-elle, tout à fait étonnée. Oui, bien sûr. Mais, mais…

— Donc, tu souhaites en apprendre plus sur moi ?

Le paternel de Peter, Charles Laplante, fit fortune dans l'immobilier grâce à de judicieux placements qui lui rapportèrent beaucoup d'argent, au point d'en devenir multimillionnaire en une décennie. C'était à l'époque des belles années de prospérité. Ce n'était pas comme aujourd'hui, où tout est réglementé dans le milieu financier. Évidemment, il y eut toujours des gens malhonnêtes, ce qui n'était pas le cas de Charles, du moins, c'est ce qu'il prétendait. Pourtant, avec une 5e secondaire achevée de justesse, Charles avait heureusement la bosse des affaires. Dès son jeune âge, il faisait déjà du commerce à l'école en vendant des cigarettes à l'unité, qu'il dérobait à son père, quelques-unes à la fois. Puis, avec les profits accumulés, il s'était acheté un paquet de cigarettes, puis un autre et un autre. Il connaissait l'endroit où les acheter sans avoir de réprimandes — dans ce temps-là, le cancer n'existait pas ! Plus il vieillissait, plus il trouvait des trucs lucratifs à vendre. Très tôt dans sa vie, le sens des affaires s'imprégna définitivement dans son esprit. Il avait du pif pour dénicher LA bonne occasion et faire des profits à profusion.

Après avoir passé quatre années à apprendre les rudiments du métier chez un courtier en placements, il monta son affaire à partir de presque rien. En plus de ses maigres économies, il avait reçu un prêt de 800 $ de la part de sa mère, veuve depuis que son père, un officier, avait trouvé la mort au combat lors de la guerre de Corée. À la fin des années quarante, ce montant était énorme. Il était enfin en *business*. Il remboursa son emprunt au centuple.

Charles épousa Elizabeth, qu'il avait rencontrée lors d'un 5@7 d'affaires, organisé par la Chambre de commerce de Montréal, dont ils étaient membres. Ils se fréquentèrent trois ans avant qu'il se décide à lui faire la grande demande, en obtenant la bénédiction de son père, qui la lui accorda avec comme conditions préalables de la chérir et d'en prendre soin, et surtout, d'avoir des enfants. Les parents d'Élisabeth ne furent pas déçus. Elle leur donna quatre beaux petits-enfants : Lucille, puis les jumeaux Jacques et Carl, et le petit dernier, Peter. Influencée par l'entreprise de leur père, l'aînée devint avocate en droit des affaires et fut embauchée par un important bureau d'avocats de Montréal. Les jumeaux, quant à eux, obtinrent les diplômes nécessaires : MBA pour l'un, CPA pour l'autre. Les garçons travaillèrent quelques années pour de grandes sociétés financières avant de se joindre à leur paternel. C'était l'exigence de Charles. Quant à Peter, il souhaitait servir la nation en s'engageant dans l'armée. Ce fut le choc : ses parents n'approuvèrent pas ce choix. Ils furent bouleversés, mais finirent par comprendre les motivations de leur petit dernier d'un mètre quatre-vingt-huit. Durant son service militaire, il eut l'opportunité d'étudier et d'obtenir un baccalauréat en communication et politique, et un certificat en études arabes.

Charles décéda subitement d'une rupture foudroyante d'anévrisme cérébral. Depuis un certain temps, il se plaignait de maux de tête et de mouvements incontrôlables de sa paupière droite. Comme il était un bourreau de travail, ces symptômes ne lui semblaient pas une bonne raison pour consulter. Il ne prit jamais le temps d'en référer à son médecin. Elizabeth ainsi que ses enfants insistèrent, mais en vain : « Ah, lâchez-moi avec ça.

Je suis trop occupé de ce temps-ci. J'irai plus tard. Ça va passer. » répondait-il en prenant deux Tylenols. Malheureusement, la maladie avait vaincu.

Son épouse hérita de sa fortune et, comme elle ne connaissait rien dans ce domaine, elle demanda à ses enfants de s'en occuper. Il y eut, comme dans bien des cas lorsqu'il s'agit de billets verts, du brasse-camarade entre les jumeaux et l'aînée. Peter resta en dehors de tout ça. Ce qui le préoccupait, c'était la santé de sa mère et sa carrière militaire. Il la visitait le plus souvent possible, pour se rendre compte qu'elle n'allait pas bien. Elle fut hospitalisée à plusieurs reprises, elle qui avait toujours gardé la forme et eu une santé de fer. Son Charles parti, elle ne s'en remit jamais. Elle se sentait coupable de ne pas avoir insisté davantage pour qu'il consulte un médecin. Dix mois plus tard, elle décéda à son tour, morte de chagrin et de remords. Elle permit à la bactérie « C. difficile » d'exécuter son œuvre machiavélique.

Sa fortune fut répartie également entre ses quatre enfants, ce qui leur donna plus de 20 millions de dollars, chacun. Peter plaça sa part à la même banque que celle de son père, il ne voulait pas jouer à la bourse ni à toutes ces choses financières. Il s'était déjà engagé dans l'armée canadienne et c'était ça qui l'animait : les défis, et servir sa patrie. Frères et sœur ne le comprenaient pas, avec tout cet argent, cela aurait pu lui permettre d'assouvir ses passions et ses rêves les plus fous. Rien à faire.

— Tu as été fantassin, pilote d'avion, matelot !

— Dans l'armée de terre, parmi l'élite. Les forces spéciales. Le top du top.

— Tu me fais marcher, mon colonel. Oh là là, déjà 9 h 30. Je dois rentrer au bureau. Je demande la facture, fit Élise en levant le bras.

— C'est moi qui t'ai invitée. C'est moi qui reçois.

— Alors, le prochain petit-déjeuner sera pour moi.

— D'accord pour un prochain petit-déj. Toutefois, si je peux me permettre, je souhaiterais, que dis-je, j'aimerais profondément que tu acceptes mon invitation pour un souper. As-tu des goûts particuliers ?

— Euh ! bien sûr, répondit-elle, affichant un air ébahi. J'aime de tout.

— Donc, samedi prochain. Je passerai te chercher à 18 h pour l'apéro.

Elle sortit de table, et d'un pas assuré, se dirigea vers la sortie, tourna la tête vers Peter, le salua d'un geste des doigts, sourire aux lèvres. Il lui retourna la politesse par un sourire radieux et un signe de main. Toutefois, dans les circonstances, elle n'était pas totalement rassurée quant à cette invitation. Était-ce vraiment pour la charmer ou pour investiguer davantage, la soupçonnant peut-être d'être la commanditaire du meurtre du pauvre Jérôme ?

Elle le connaissait peu, il allait sans dire, mais constatant ses méthodes d'enquête peu orthodoxes, un doute s'installa dans son esprit. Lui tendait-il un piège ? Était-ce une stratégie pour la coincer ? Le seul moyen d'éclaircir la situation : aller de l'avant.

Chapitre 6

La méfiance

— Tu reconnais les objets sur la table ? Ils sont bien à toi, n'est-ce pas ?

Bob savait très bien qu'il n'était pas en position de mentir. Non pas parce qu'il était ligoté, mais parce que l'inspecteur pourrait être très persuasif.

— Ne me dis surtout pas le contraire, je pourrais être très offusqué et très déçu.

— Ouais. Ouais. C't'à mouin. Pis ?

— Un passeport à jour, beaucoup de liquide, tu comptais nous quitter, partir en vacances. Tiens, tiens, tiens, une carte de crédit au nom de, laisse-moi lire, de Jérôme Dandurand. Tes mauvaises habitudes de pickpocket sont toujours bien ancrées dans ton petit cerveau. Ou serait-ce un trophée de chasse ? ! Le connais-tu, par hasard ? Ne l'as-tu pas rencontré fortuitement dans une petite ruelle, mal éclairée ? Disons, et je tente ma chance, Bob, à l'arrière d'un bar. Le Johnny Bar ! Hum, pas certain. Ah oui, c'était plutôt le Rolling Bar. Je ne crois pas. Ah, mémoire. Attends, ça y est, je l'ai trouvé : le JACK BAR. Qu'en dis-tu, Bob ?

— Ché pas d'quoi tu parles.

— Tu ne sais pas de quoi je parle ! Tu m'étonneras toujours. Bien oui, tu le sais. Les gars comme toi répondent toujours ça. Je ne suis pas surpris par ta réponse, mais là, pas du tout. Alors, Bob, je te repose la question directement et très lentement. Ouvre bien grand tes oreilles. Connais-tu ce Jack Bar ? Ne me dis pas le contraire. Alors ?

— Mouais ! Pis ? Ça veut rien dire. Y en a plein d'bars en ville. J'peux pas me souvenir de toutes lé bars de'yoù que j'ai été. Ciboire. Allume !

— Tu vas donc m'expliquer une chose, ou deux. Ce revolver, le tien, qui est sur la table, est le même que tu as utilisé pour descendre Jérôme, et la personne, hier soir. Ne hoche pas la tête de gauche à droite comme tu le fais maintenant. Inutile de nier. C'est la même arme que tu as utilisée pour les deux meurtres, soit un 9 mm Beretta avec en prime un silencieux, exactement comme celui que tu as aperçu lorsque ton petit pois vert te servant de cerveau est revenu à lui. J'ai remarqué ton étonnement, ta surprise, tes yeux ronds fixant cette arme, Bob.

— Ça n'veut pas dire qu'cé à mouin ça.

— Oh là là. C'est mal me connaître. Il y a tellement d'empreintes sur ton joujou, les tiennes, qu'il te sera bien difficile de nier. Impossible. En plus des douilles. Tu as agi en amateur. Il me semble que ce n'est pas ton genre. Tu prends toujours tes précautions avant d'exécuter tes crimes. Je ne te reconnais pas. Tu sais, tu me déçois. Tous les criminels de ton genre seront également déçus à leur tour. Tu ne les honores pas du tout et tu n'aimerais pas que ça se sache dans le milieu. Hoyoyoye ! Ta réputation sera solidement entachée. Qu'en penses-tu ?

— Non, non, non… j'chu un pro. Ah oui, j'comprends, crisse de beu'd'marde. T'as profité d'mon inconscience pour tapisser mon revolver et mes douilles de mes empreintes. *Fuck you* ! ! !

— Pas de gros mots ici. Si ta mère t'entendait.

— Je, je, j't'interdis d'parler icitte de ma mère d'même. S'tu clair ? dit Bob en s'étouffant.

— *Anyway*, si j'ai bien entendu, tu as bien dit : « … pour tapisser MON revolver et MES douilles de MES empreintes ». Une honnête confession, voilà un grand pas de fait. En effet, comme c'est la même arme qui a servi pour les deux meurtres, et tu ne peux plus le nier, tes empreintes sont apparues comme par magie sur tes outils de travail. Et ce n'est pas un rêve. Tu es cuit, mon ami Bob. C'est la prison à vie qui t'attend. Avec ton dossier criminel, tu devrais en prendre, voyons un peu, hum ! pour au moins 25, 30 ans avant une éventuelle libération conditionnelle que tu ne pourras jamais obtenir. Aujourd'hui même, je peux te confirmer ta date de péremption. Tu dois sûrement connaître l'expression « pourrir dans le fond d'un cachot ». Cela ne t'est jamais venu à l'esprit que cela puisse t'arriver un jour ? Hélas, ce jour est maintenant et malheureusement arrivé pour toi.

Tu te connais, tu ne te soumettras jamais à personne, à la prison, à ses règles, et aucun membre de la Commission des libérations conditionnelles ne croira jamais que tu as changé, que tu regrettes sincèrement, et toutes ces choses. Toi, te réintégrer à la société comme citoyen respectueux des lois ! Impossible, et tu le sais. Alors, oublie ta liberté. À moins que tu n'acceptes ma proposition.

Bob était bien coincé et semblait très secoué. Il n'avait pas le choix devant tous ces arguments accablants et toutes ces preuves de l'inspecteur. Bien sûr, accompagné d'un excellent avocat spécialisé en droit criminel pour plaider ce genre de crime, il pourrait tenter sa chance en bravant le système judiciaire et espérer obtenir une libération sous caution avant son procès, et fuir. Il pourrait ainsi rêver de se fondre dans la population canadienne et éventuellement, traverser la frontière canado-américaine. Nous connaissons tous des cas semblables. Mais, un jour ou l'autre, les fuyards sont tous retrouvés et capturés par la police, d'ici ou d'ailleurs, qui a lancé des alertes, comme Interpol. Il connaissait ces risques et évaluait ainsi, à sa façon, ses chances de réussites. Comme c'était un pur et dur, et que rien ne l'affolait, pourquoi ne tenterait-il pas sa chance ?

Après tout, il pourrait s'en convaincre. Dans sa position actuelle, il était plutôt restreint dans ses mouvements. Toutefois, il se rappelait que l'inspecteur lui avait offert de lui faire une proposition. Mais, laquelle ? s'interrogea-t-il. Il voulait savoir, pour ainsi comparer et réévaluer ses chances, aussi minces soient-elles.

— J't'ai dit que ça n'tenait pas d'boutte ton affaire. Cé quoi ton fameux *deal*, stie ? demanda-t-il sur un ton défiant, mais somme toute, peu convaincant. De kecé qu'tu veux savoir ? Pose-lé tes questions, crisse.

— Bon, je vais t'enlever ta corde au cou. Hahaha ! Dommage que la peine de mort soit abolie au Canada.

Il sortit un couteau du genre *jack-knife* et le pointa vers le cou de Bob en effleurant sa joue. Bob fixa et suivit anxieusement son geste. L'inspecteur coupa net la corde.

— Reste tranquille, mon gars, nous allons jaser des possibilités que je vais t'offrir et te soumettre pour entreprendre ta future carrière. Alors, ça respire mieux ainsi ?

Il referma et rangea son couteau dans sa poche.

— Maintenant, il serait temps de te délier la langue. Je deviens tout à coup humoriste. On y va, Bob ?

— Kecé que tu veux savoir sur ce que j'aurais p't'être fait ?

— Pas vraiment sur ce que tu aurais probablement fait, comme tu le dis, ça m'est égal, et pour que tu comprennes bien, « j'm'en crisse », mais pour QUI tu l'as fait. Qui t'a donné les contrats ? Qui t'a payé pour les exécuter ?

— Te suis pu pantoute. Tu m'dis que tu t'fous de ce que j'aurais pu faire, comme, mettons, les deux meurtres. Disons ?

— Tu as bien entendu. Je suis content de constater que tu suis la conversation. L'inspecteur haussa le ton d'un cran pour montrer son impatience.

— Donc, qui t'a donné les contrats ? Qui t'a payé ? Assez claires, comme questions.

Bob tourna la tête vers la gauche, voulant ainsi éviter toute discussion et ne pas répondre aux questions que l'inspecteur continuait sans cesse de lui poser, tout en les reformulant. Il n'était pas du genre à cracher le morceau à la première question posée, ce qu'il n'avait, de toute évidence, jamais fait durant sa vie de gangster. Les juges n'appréciaient guère qu'un accusé puisse se soustraire aux questions qu'on leur pose, et ainsi la décision était rapidement prise : outrage au tribunal. Verdict : le cachot ! Il ne voulait surtout pas qu'on lui colle une réputation de mauviette, de lâche, de dénonciateur. Non ! C'était un dur à cuire et c'est cette réputation de dur qu'il voulait faire rayonner autour de lui, autant chez la police que la justice. Sa maxime : personne ne me cassera.

— J'l'cé-tu, mouin !

— Eh, regarde-moi quand je te parle, lui dit l'inspecteur en haussant le ton d'un autre cran. Qui t'a donné le contrat des meurtres ? Qui ?

Bob le regarda d'un air baveux et cracha par terre. L'inspecteur se leva brusquement, empoigna sa chaise et la balança violemment de côté. Il s'approcha de Bob, sortit son revolver de service et le pointa sur son genou droit, puis sur le gauche.

— Là, mon Bob, tu me désappointes profondément. Lequel préfères-tu que je pulvérise en premier ? Grouille. Je n'ai pas que ça à faire. Qui est ton commanditaire ?

Bob ne répondit pas, il voulait sans doute tester la limite de tolérance de son agresseur.

— Bon, d'accord. Tu l'auras voulu. Il empoigna vivement et serra ses joues de sa main gauche, et lui enfonça le canon de son revolver dans la bouche. La chaise tangua légèrement vers l'arrière. « Comment es-tu entré dans l'édifice de la rue Drummond ? Quels étaient les numéros du code d'entrée ? Réponds ! »

Bob avait peine à suivre les demandes de l'inspecteur. Il baragouina ce qui semblait être des mots ou des chiffres. Une fois le canon du revolver retiré, Bob, suant abondamment, dit à l'inspecteur : « Calice, de kécé qu'tu fais. Te suis pu pantoute. »

— Tu me les donnes, ces chiffres ? insista l'inspecteur en montant le ton tout en lui pointant le revolver entre les deux yeux.

— OK ! OK ! OK ! Bob pensait à ce qu'il lui avait raconté sur son périple en Afghanistan. Heu… attends un peu. J'me rappelle. J'pense qu'cé : 4, 6, 2, heu… 9, 1, 0, 3 pis 5.

— Hinnnnn, fit l'inspecteur, imitant le son d'un *buzzer*. Mauvais numéros. Puis, montant à nouveau le ton :

— Bon, pour une dernière fois, quels sont les numéros du code d'entrée ?

Il pointa et appuya, fortement, cette fois-ci, son revolver sur le front de Bob qui avait la tête à la renverse, les yeux rivés sur le canon, prêt à lui pulvériser la tête.

— Attends… Attends… calvaire. J'l'ai : 93754… crisse de tabarnak !

— *You won* ! Maintenant, qui t'a donné ces chiffres ?

— T'sais, j'ai pas peur de mourir, j'en ai vu d'autres, mais j'ai juste peur d'ne pu vivre. Pis toué, ché ben que tu peux me'l'enlever, la vie. OK ! J'vais toute'dire. Mais avant, cé quoi ton *deal* ?

— Tu sais une chose, quand tu le veux, ça peut bien aller. Donc, c'est simple. Ce que tu espères : un sauf-conduit.

— Un quoi ? demanda Bob, désemparé.

— La liberté, mon Bob, et tu seras débarrassé de moi.

Mais avant d'en arriver là, tu devras te mettre à table et répondre à toutes, mais vraiment à toutes mes questions, sans aucune hésitation. Si tu collabores sincèrement, pour une fois et entièrement, je dis bien entièrement, je te promets que je respecterai notre entente. Sinon, on va retrouver ton corps dans le fleuve au printemps, loin, loin. Vu ?

— Comment veux-tu que j't'creille ?

— As-tu le choix ?

Chapitre 7

L'horloge du temps

Élise se posait souvent ces questions existentielles: « Mais, pour quelle raison oncle Henri m'a-t-il légué cette magnifique horloge? Et pourquoi n'ai-je pas reçu, tout comme Jérôme et Éther, de l'argent? Et qu'est-ce que cela va apporter dans ma vie? » Tous les jours, matin, midi et soir, et même quelquefois la nuit, à chaque occasion qui se présentait, elle fixait ce joyau qui, souhaitait-elle, pourrait résoudre cette énigme posée par l'oncle et ainsi réponde à ses questions… si énigme il y avait. Suivant le va-et-vient des pendules, se perdant dans ses pensées au son monocorde et monotone du tic-tac de son balancier, elle se creusait la tête: « Mais pourquoi, oncle Henri? Que signifie le legs? Réponds-moi. Envoie-moi un signe. » Pour mieux l'observer, l'ausculter, elle décida de déplacer péniblement l'horloge, qui lui semblait peser une tonne, du boudoir vers le salon, de telle sorte qu'elle puisse mettre toutes les chances de son côté pour tenter de découvrir ce qu'elle cachait. Le soir venu, elle passait tout son temps libre, à demi allongée sur le divan, disposant des coussins assortis sous sa tête, ses bras, ses jambes, afin de s'assurer un confort maximal et reposant. Elle en était certaine. Oui, cette horloge lui cachait quelque chose, un message. Une voie à suivre. Mais, laquelle ?

Tous les soirs, à la même heure, elle remontait le mécanisme pour s'assurer de ne pas perdre le temps qui passait. Les aiguilles étaient toujours au rendez-vous. Étonnamment, cette horloge ne perdait pas son temps. Élise comparait régulièrement l'exactitude de l'heure avec sa montre suisse, aucun retard, aucune avance, que l'heure juste. Elle veillait comme ça au salon, tard en soirée, dans une douce pénombre, jusqu'à s'assoupir à quelques occasions sur ce canapé des plus confortables, en chemise de nuit blanche, emmitouflée dans une couverture douillette.

Un soir, sans coup férir, les aiguilles semblèrent tourner beaucoup plus vite que d'habitude. Le temps se dérobait à une vitesse incroyable, à en perdre la notion, jusqu'à s'arrêter inopinément. L'imprévu nourrit la crainte, la peur du changement pour certains, la créativité pour d'autres.

Ce qui donne un sens à la vie donne-t-il un sens à la mort ? Et s'il y a un sens à la mort, y a-t-il un sens à la vie ? Ce thème, la vie versus la mort, la mort versus la vie, lui revenait souvent en tête. Élise s'interrogeait sur le sens à donner à sa vie, à donner à sa mort. Elle se retrouva, bien malgré elle, assise sur le rebord d'une piste de cirque, piste qui avait un diamètre de 60 mètres. La tête entre ses mains, les cheveux tombant presque à ses pieds, elle s'interrogeait, investiguait, auscultait sa pensée, sondait son âme à la recherche d'une réponse. Déjà, des centaines de spectateurs avaient pris place tout autour de la piste.

L'estrade était disposée en spirale, de sorte que les nouveaux spectateurs n'avaient qu'à prendre place les uns après les autres et ainsi compléter la première rangée. Tous étaient intéressés par la question de vie et de mort. Il y avait de plus en plus d'intéressés à s'entasser dans cette spirale de sièges ancrés à une estrade sans fin. Sans entrée, ni sortie, mais étonnamment, tous les spectateurs pouvaient y accéder, en présentant simplement un billet VIP émis par la pensée d'Élise.

Elle redressa lentement le dos, la tête abaissée vers l'avant. Une dizaine de projecteurs se braquèrent sur elle. Malgré le fait qu'elle se protégeait les yeux de cette lumière éblouissante avec ses mains, elle ne put qu'apercevoir les spectateurs des premières rangées, la lumière aveuglante d'un blanc immaculé l'empêchait de voir au-delà. Elle ne pouvait que percevoir l'ombre et la lumière. Elle ressentait une grande et profonde tristesse et une souffrance mentale indéfinissable. Elle se leva lentement, gracieusement, relevant langoureusement la tête. Grande et mince, revêtue d'une robe ample à collerette, d'un blanc tout aussi immaculé, transpercée par cette lumière vive grâce à laquelle on pouvait deviner ses formes élégantes et gracieuses. On pouvait à peine apercevoir ses pieds nus sur ce sable fin de la piste, et ses bouts de doigts. Ses longs cheveux masquaient partiellement son visage.

Par la gauche, elle commença à effectuer son premier tour de piste, en se posant la question existentielle sur le sens de la vie et sur le sens de la mort. Elle ne possédait pas la réponse, mais était persuadée de la trouver, aujourd'hui, demain, un jour de beau temps, de blizzard, de pluie fine, d'orage ou d'ouragan. Qu'importe, elle en avait la conviction. Elle marcha, marcha d'un pas assuré, regardant droit devant, tout en suivant la bande de la piste. Les nouveaux spectateurs s'installaient de plus en plus dans cette estrade sans fin, en observant silencieusement et attentivement la démarche d'Élise qui était toujours obsédée par l'idée de trouver la réponse à son interrogation, à savoir : « Où j'en suis dans ma vie ? Tout ce que me donne la vie vaut-il la peine d'être vécu ? Tout ce que je dois affronter, de jour en jour, en vaut-il le coup ? L'Amour, cette étonnante abstraction, existe-t-il vraiment, ou n'est-ce qu'une illusion ? »

Au fur et à mesure de son questionnement, la piste rapetissa. Les rangées de spectateurs l'entouraient de plus près, la spirale suivait les déplacements d'Élise. Il y avait toujours de plus en plus de spectateurs qui prenaient place. De tout âge, du bébé naissant à l'agonisant. Le diamètre de la piste était maintenant de moins de 30 mètres et se réduisait de plus en plus, telle une implosion.

La spirale tourna de plus en plus vers le bas, les spectateurs tournèrent autour d'Élise qui fit de même, dans le même sens, la même direction.

La foule accourait de partout sur la planète, de toutes les nations et de toute confession. Aucune exception. Tous étaient informés par des alertes provenant de leur appareil mobile. Il y avait de plus en plus de spectateurs : 10 000, 20 000… 50 000, toujours silencieux et observateurs. Élise se posait toujours la même question. Tous attendaient, avec grande impatience, la réponse. L'estrade spiraloïde ne cessait de monter, de s'agrandir, de se répandre. Cent mille spectateurs tout autour de la piste qui mesurait maintenant moins de 15 mètres. Des écrans géants apparaissaient à différents paliers pour ne rien manquer des mouvements et expressions corporels, des déplacements sur cette piste et des pensées d'Élise. Les 200 000 spectateurs pouvaient très bien la suivre et ne rien rater de la démarche d'Élise. Les questions qu'elle se posait défilaient en boucle au bas des écrans géants. On ne pouvait rien louper. Plus de 500 000 spectateurs étaient maintenant bien installés pour enfin connaître la réponse, car Élise s'était soudainement arrêtée. Immobile, elle regardait autour d'elle. On entendait des murmures multilingues. Les traducteurs en simultané s'arrachaient littéralement les cheveux de la tête.

L'attention monta et l'impatience aussi. Il n'y avait aucune lumière braquée sur les spectateurs, que la lumière brillante « DEL » des milliers d'écrans. Élise ne pouvait les voir, ni même les apercevoir. Que des murmures et de petits bruits insolites. On apprit sur les écrans qu'il y avait maintenant plus de 10 millions de spectateurs avides d'apprendre la bonne nouvelle, enfin, en se fiant aux traducteurs. Plusieurs millions d'intéressés s'ajoutèrent à la foule.

La piste n'avait dorénavant que 8 mètres de diamètre, Élise ne pouvait en aucun cas se défiler. Les 100 millions les spectateurs voulaient savoir. L'impatience commença à s'installer parmi tous ces gens. Puis l'attention revint lorsqu'elle tourna les talons, fit une pause et reprit sa marche de réflexion en sens opposé. On entendit des Hooo ! et des Haaa ! spontanés. La spirale ne bougeait plus, mais s'allongeait à une vitesse folle. Plus d'un milliard de spectateurs attentifs. Élise effectua au total 32 tours de piste, qui n'avait plus qu'un mètre de diamètre. La dix milliardième curieuse venait de prendre place tout au haut de cette vertigineuse estrade. Elle gagna un prix de présence. Une enveloppe virtuelle scellée où on pouvait lire : « Ouvrir et voir à l'intérieur. Découvrez la plaquette. Bonne chance. Félicitations ! »

Puis apparut sur les centaines de milliers d'écrans cette phrase qui défilait sans fin : « Ce qui donne un sens à la vie donne un sens à la mort. » En dessous du texte, apparurent tout en douceur des photos animées d'Antoine de Saint-Exupéry.

Une ascension vertigineuse poussa Élise hors de la spirale vers le pays des étoiles, puis elle redescendit en vrille à l'extérieur de son cirque, traversant les nuages à grande vitesse. Son corps se stabilisa, dos à la terre, bras tendus, cheveux au ciel. Elle décéléra rapidement. Un agréable sentiment de flottement dans le vide. Elle atterrit tout doucement sur le canapé.

Élise sursauta. Le carillon de l'horloge se fit entendre à 6 heures pile. Elle vérifia à sa montre, l'horloge tenait toujours son temps. Quel curieux rêve, dont elle avait la faculté de tout retenir, découlant sûrement d'une déformation professionnelle de tout prévoir, dans les moindres détails, telle l'élaboration de campagnes publicitaires. « Ouvrir et voir à l'intérieur. Découvrez la plaquette. » Mais quel est ce message, s'il en est un ? se questionna-t-elle. Elle fit sa toilette, prit un léger déjeuner, endossa un manteau d'automne, jeta un dernier regard interrogatif vers l'horloge et fila directement au bureau. Une autre journée de travail bien chargée l'attendait.

* * * * *

De retour à la maison, d'une journée bien remplie, Élise vit l'horloge qui indiquait 6 h 32. Elle décida de se servir un léger souper, d'autant plus qu'elle avait dîné avec des clients qui aimaient bien manger. En un seul repas, elle avait ingurgité ses protéines et calories pour quelques jours à venir, pensa-t-elle. Ayant toujours en tête ce rêve étourdissant, elle n'avait pas remarqué le clignotement de la lumière rouge du téléphone fixe qui indiquait l'enregistrement d'un message. C'est en se dirigeant au salon qu'elle la remarqua. Elle écouta donc ce message : « Bonjour. Nous sommes vendredi 18 novembre 2016, 10 h 32. Ce message s'adresse à madame Élise Dandurand en provenance du bureau des notaires Duclos et Duclos. Me Philippe Duclos souhaiterait que vous le rappeliez au plus tôt pour vous transmettre personnellement une information, au 514 998... » Élise s'empressa d'écrire le message sur un bloc-notes, sans pour autant écouter la fin du message, qu'elle avait pris soin de conserver. Elle le réécouta pour la suite, et pour s'assurer qu'elle avait correctement écrit le numéro de téléphone : « ... Notre bureau est ouvert de 9 h à 17 h, du lundi au vendredi. Je vous souhaite une agréable journée. » Il était malheureusement trop tard pour le rappeler, en ce vendredi. Elle prit note de le faire lundi à 9 h. Toutefois, elle se demanda ce que voulait ce notaire, qu'elle connaissait d'ailleurs, puisqu'il avait rédigé le testament de l'oncle Henri et lu son legs en sa présence, accompagnée d'Éther et de Jérôme. Une longue fin de semaine de questionnements l'attendait.

Chapitre 8

Bob devenu indic

Comme convenu, Bob collabora et devint l'indicateur de l'inspecteur. Il lui raconta ce qui était arrivé la première fois, pour Jérôme. Il avait reçu un coup de téléphone d'un homme qui s'était présenté sous le prénom de John, au numéro et au nom masqués, un inconnu, un homme à la voix inhabilement trafiquée, pour lui passer une commande spéciale : liquider un homme à l'arrière du Jack Bar en échange de 5 000 $. Une somme de 2 500 $ lui serait remise par avance, et le reste après avoir commis l'irréparable, avec pour preuve une publication dans les faits divers des médias. Pour lui, c'était une somme importante qu'il ne voulait et ne pouvait pas refuser, l'appât du gain oblige. En tout cas, pour lui. Il n'avait pas posé de questions sur le qui, le quoi ou le pourquoi de la demande, mais avait mis en garde son interlocuteur qu'il le retrouverait à coup sûr s'il ne payait pas l'autre moitié. Il s'était donc rendu au point de rencontre que l'interlocuteur lui avait indiqué : parc La Fontaine, rue Sherbrooke, place Charles-De Gaulle, à l'arrière de l'obélisque de granit bleu à la mémoire de ce général, juste en face de l'hôpital Notre-Dame. Rencontre prévue à 17 h, heure de pointe automnale et sombre, pour se fondre dans la foule des passants pressés de rentrer à la maison après leur journée de travail, et ainsi se rendre presque invisible. L'anonymat.

Il devait rencontrer un homme en imperméable gris foncé, assis sur un banc de parc, portant une barbe blanche et les cheveux tout aussi blancs, sous une casquette aux motifs écossais Il portait des verres fumés. Parlant français avec un accent incertain, il avait en main un journal plié en deux parties, qui dissimulait une enveloppe contenant le montant promis et des instructions tapées à l'ordinateur. Bob devait s'asseoir près de l'homme et se présenter ainsi : « Salut. Il fera beau ce soir ». Dans sa façon de parler, cela était sorti de sa bouche plutôt ainsi : « Slut, y f'râ beau à souère ». L'intention y était. Mot de passe accepté. L'homme à la casquette écossaise s'était levé et, sans le regarder, ni lui parler, était passé devant et lui avait remis discrètement le journal. Bob l'avait saisi promptement et solidement. L'homme s'était dirigé en direction de la rue Papineau. Bob avait pris le chemin inverse et était rentré chez lui riche de 2 500 $.

Après la médiatisation du meurtre, Bob avait reçu un second appel de l'énigmatique John lui indiquant exactement les mêmes instructions pour la récupération de la somme due. L'homme à la casquette écossaise était au rendez-vous. Cette fois-ci, il y avait beaucoup moins de personnes qui circulaient dans le parc. Bob ne s'était pas senti très rassuré, se demandant quelle en était la raison, si raison il y avait. Rues bloquées par des travaux de voirie, par une grève quelconque ou une marche de contestation dans des rues environnantes. Il n'avait rien vu de tout cela. Peut-être n'était-ce qu'une pure coïncidence. Il s'était rendu, quelque peu méfiant, à la rencontre prévue et il avait reçu son enveloppe enrobée du journal du jour. L'homme avait repris la même direction. Sans attendre, Bob avait emprunté le même chemin que la dernière fois.

Quelque temps plus tard, le meurtrier avait reçu un nouvel appel, toujours du même homme, pour lui offrir un nouveau contrat, aux mêmes conditions. Bob avait accepté après avoir exigé 3 000 $ supplémentaires et l'homme, après quelques secondes d'hésitation, avait acquiescé à sa demande. Bob aurait peut-être pu exiger davantage. L'interlocuteur aurait-il accepté ? Autant en rester là, car 8 000 $, c'était quand même mieux payé, s'était-il dit. Le petit manège avait recommencé à tourner : rencontre avec l'homme à la casquette — la mule envoyée par le commanditaire du meurtre, au même endroit, cueillette discrète de son avance, instructions, dont l'adresse de la victime et le numéro du code d'entrée, 93754, et action !

Toutefois, pour la cueillette du solde, ça allait être bien différent. Bob avait conclu un arrangement avec l'inspecteur qu'il devait respecter à la lettre, sans quoi il en assumerait les conséquences. Laplante tiendra-t-il parole ? se questionnait quand même Bob. Avait-il le choix, compte tenu des preuves matérielles que l'inspecteur avait accumulées contre lui ?

Pouvait-il se permettre de ne pas lui faire confiance ? Il suivit donc son plan. Une planification ordonnée de filature.

L'annonce fut publiée dans les médias, et passa presque inaperçue étant donné qu'il y avait eu durant cette nuit-là une forte explosion au centre-ville près du consulat général iraquien. S'agissait-il d'un attentat terroriste commandé par Daesh ou d'une fuite de gaz ? Le secteur était bouclé par tous les services de sécurité.

> *« Aux alentours de 2 h 15 ce 31 octobre, un homicide aurait été commis dans une tour à appartements située sur la rue Drummond à l'angle de l'avenue Docteur-Penfield. La police aurait reçu un appel anonyme les informant du crime. L'identité de la victime ne peut être dévoilée pour le moment. Plus d'informations à venir. »*

À 6 h, l'inspecteur arriva à la résidence d'Éther pour l'informer du meurtre de sa sœur Élise.

— Désolé de vous déranger à cette heure, mais je n'ai pas une bonne nouvelle. Votre sœur a été retrouvée morte dans son appartement.

— Vous n'êtes pas sérieux ? dit Éther sans la moindre émotion spontanée, semblant peu étonnée et sans poser de questions.

— Je vais vous demander d'identifier le corps d'ici peu. Mais, il y aura un délai, étant donné la détérioration du visage de la victime due à la sorte de projectile utilisée par l'assassin. Une reconstruction partielle du visage sera nécessaire pour une identification formelle.

Éther, rassurée et convaincue, remercia l'inspecteur qui, avant de prendre congé, lui demanda : « Vous vous apprêtiez à sortir ? »

* * * * *

Bob reçut en après-midi un appel téléphonique de cette personne à la voix masquée. L'homme à la barbe blanche était assis sur le même banc et Bob se présenta à l'heure convenue. Il accepta le journal dissimulant l'enveloppe et retourna à son domicile, comme convenu avec l'inspecteur. Quant à la mule, elle traversa le parc vers la rue Rachel et monta dans un autobus sur l'avenue Papineau tout près, en direction nord, satisfaite du devoir accompli. Deux agents bien positionnés la suivirent et firent de même. L'homme, pris en filature, descendit pour emprunter la rue Beaubien, et se dirigea vers son appartement. Au moment de déverrouiller la porte d'entrée de l'immeuble, les deux agents se pointèrent et l'invitèrent, non pas à les suivre, mais à se diriger vers son appartement. Ils entrèrent tous les trois. L'homme, assis sur une chaise de cuisine et encadré par ses deux ravisseurs, vivait seul. Informé, l'inspecteur se pointa quelques minutes plus tard.

— Tiens, tiens, tiens, ne serait-ce pas mon vieil ami Klaus Viktor ? fit-il sur un ton amusé et quelque peu narquois. Ça fait un bail que l'on ne s'est pas vus. N'aviez-vous pas pris votre retraite ? Je constate bien que ce n'est pas encore le cas.

De père roumain et de mère hongroise, Klaus Viktor était né en Hongrie et avait vécu une partie de sa vie principalement en banlieue de Bucarest. À l'âge de dix-huit ans, il avait quitté sa terre natale pour s'établir à Menton, dans le midi de la France, où il avait obtenu un permis de séjour et de travail. Quelques années plus tard, il avait tenté sa chance en Amérique du Nord. Habiter New York étant son rêve, c'est plutôt à Montréal qu'il avait atterri et s'était installé. Il n'avait pu obtenir un visa pour entrer en territoire américain. Son séjour en France lui avait permis de trouver du travail, maîtrisant assez bien la langue de Molière. De fil en aiguille, il était devenu citoyen canadien.

Âgé de 25 ans à peine, il avait déniché de petits boulots, ici et là, et avait tenté de prendre sa place parmi les membres de la diaspora hongroise. Il s'était vite fait repérer par le côté obscur de cette dernière, mais sans jamais vraiment gagner du galon. Mesurant à peine un mètre soixante-huit, plutôt frêle, mais déterminé, on lui avait offert de petits boulots à la mesure de ses capacités, autant physiques qu'intellectuelles. Il était devenu l'homme à tout faire, le porteur d'eau, une situation qu'il avait acceptée avec une grande fierté, se sachant pas trop malin.

— Ne m'envoyez pas en prison. Je vous en supplie, à mon âge, je ne tiendrai pas le coup, implora-t-il d'une voix railleuse et tremblante.

— Vous n'avez qu'à collaborer, mon ami. Tout dépend maintenant de vous. Vous détenez votre destinée entre vos mains. À vous de la saisir.

— Mais, si je deviens votre indic et que cela se sait, je suis foutu et vous le savez très bien. Vous ne pouvez pas me faire ça, insista-t-il désespérément.

— Oui, je sais. Par contre, je peux faire en sorte d'être des plus discrets. De toute façon, votre mission au parc Lafontaine est terminée. Et un conseil d'ami : prenez donc définitivement votre retraite. Comme vous nous l'avez mentionné, à votre âge, prendre autant de risques. Bref, ce sera à vous, cher ami, de décider de votre avenir. Mais, pour l'heure, vous devez répondre à mes questions… sans fausses notes. Compris ?

Klaus Viktor ne répondit pas. Vissé sur sa chaise, il semblait réfléchir avant de répondre.

— Hey, mon ami Klaus, as-tu bien compris ma question ? Faudra-t-il que je te la répète ? insista l'inspecteur en haussant le ton.

— Oui, oui, j'ai bien compris. J'accepte, si vous me promettez que cela restera entre nous. Hein, messieurs ? demanda-t-il timidement, calé dans sa chaise, la mine déconfite, le dos courbé, jetant un regard piteux à ses visiteurs qui l'entouraient.

— Vous voilà raisonnable, monsieur Viktor.

Chapitre 9

L'inspecteur passe à go !

Accompagné d'un de ses hommes, l'inspecteur arriva à la Banque provinciale aux alentours de 10 h, le lendemain de sa visite chez Éther, et il se dirigea au bureau de la direction du deuxième étage.

— Bonjour messieurs ! les accueillit une jeune dame au sourire invitant.

— Bonjour madame. Je souhaiterais rencontrer le directeur de la banque.

— Puis-je vous annoncer ?

— Inspecteur Laplante, de la criminelle.

Quelque peu étonnée, la réceptionniste décrocha illico le téléphone pour aviser l'adjointe du directeur. Quelques minutes s'écoulèrent, puis une dame au tailleur élégant et moulant se pointa à la réception.

— Désolée pour cette attente, messieurs, et merci pour votre patience. Je suis Laure Côté, l'adjointe administrative du directeur de cette banque. Que puis-je faire pour vous aujourd'hui ?

— Je suis l'inspecteur Laplante, répondit l'inspecteur en montrant sa plaque de police, et voici mon collègue, Duval. Je souhaiterais rencontrer votre patron, monsieur Jacques Zak, immédiatement. C'est très important.

— Mais le directeur est présentement en réunion et il ne peut pas vous recevoir.

— J'insiste, madame, martela-t-il. Je veux rencontrer immédiatement votre directeur, répéta-t-il en pointant son index fermement en direction de son bureau.

— Mais puisque je vous confirme qu'il est présentement en réunion ! insista-t-elle.

— Veuillez insister davantage, madame. C'est un cas très urgent et je dois le rencontrer, sans tarder. À défaut, je devrai m'en charger, moi-même.

— D'accord, monsieur l'inspecteur. Je vais voir ce que je peux faire. Je vous reviens.

Une minute à peine s'étant écoulée, le directeur, accompagné de son adjointe, arriva en trombe et demanda à l'inspecteur, sur un ton menaçant, une explication sur cette façon inappropriée et impolie d'agir.

— C'est vous qui causez tout ce désordre dans ma banque ! maugréa-t-il.

— Je suis l'inspecteur Laplante, répondit-il sans se démonter, présentant sa plaque de police, lui qui en avait vu d'autres. Voici mon assistant, Duval, poursuivit-il tout en observant la réaction du directeur. Je souhaiterais vous entretenir d'un sujet urgent, très urgent et, en même temps, délicat. Puis-je avoir votre attention ? demanda-t-il, le fixant d'un regard des plus autoritaires.

— C'est que je suis très occupé. Pourquoi ne pas prendre un rendez-vous pour une autre journée où je serai disponible pour vous rencontrer ?

— Ça ne peut pas attendre ! déclara l'inspecteur sur un ton impératif. Je vous l'ai mentionné, c'est urgent.

— Bon, d'accord, suivez-moi à mon bureau.

L'inspecteur fit un regard à son assistant Duval, lui indiquant de s'asseoir et de l'attendre. Rendu au bureau du directeur, l'inspecteur lui dit que la rencontre se ferait à l'extérieur, loin des éventuelles, mais probables caméras de surveillance et des micros dissimulés.

— Et si je refuse ? répondit le directeur, défiant l'inspecteur.

— Alors, j'aurai un mandat de perquisition sur-le-champ, avec les auto-patrouilles tous feux clignotant, qui attireront, bien sûr, les journalistes, paralysant ainsi vos activités bancaires. Vous devrez en répondre devant vos patrons, et toutes ces choses. Ce n'est sûrement pas ce que vous souhaitez, monsieur le directeur ?

— Mais qu'est-ce que vous voulez, au juste ?

— Disons que c'est une affaire de comptes, comment dirais-je, vous impliquant.

— Qu'est-ce que cette folie ?

— Bon. Vous me suivez ou je fais exécuter un mandat ? insista-t-il.

Coude droit appuyé sur le bras de son fauteuil, le directeur mit la main sur sa bouche, en se massant les joues, l'air songeur, front plissé, fixant le vide, se posant assurément beaucoup de questions, puis prit la décision d'abdiquer. Il enfila en silence son manteau, avisa son adjointe qu'il reviendrait bientôt et accompagna l'inspecteur et son assistant.

Il croyait se diriger vers une auto de police, ce ne fut pas le cas. Il fut étonné. L'inspecteur l'invita plutôt à marcher quelques pâtés de maisons pour aboutir à un petit café-bistro du quartier, quelque peu fréquenté à cette heure de la journée. Ils s'attablèrent tout au fond de l'établissement, loin des regards indiscrets. L'agent Duval prit place à la table précédente, dos à son patron et face à la porte d'entrée. Comme s'il faisait le guet.

— Donc, môssieu l'inspecteur, qu'attendez-vous de moi ? Pourquoi m'avez-vous entraîné ici dans ce petit café du peuple ? dit le directeur sur un ton plutôt condescendant qui ne sembla pas plaire à l'inspecteur.

— Mettons les choses au clair, môssieu le directeur, répondit-il, le regard moqueur. Ici et à partir de maintenant, c'est moi qui pose des questions. Est-ce bien clair ?

Le directeur fit la moue et n'osa pas s'obstiner, s'apercevant très bien qu'il n'avait pas le contrôle de la situation, n'étant plus dans son milieu naturel d'autorité absolue. Il voulait connaître les motivations du limier et savoir en quoi il pourrait être impliqué, d'une façon ou d'une autre, dans une quelconque transaction douteuse qu'il nierait sur-le-champ.

— Vous devez connaître l'ensemble de vos clients et de leurs comptes bancaires ?

— Je ne peux tous les connaître. Il y en a beaucoup trop. Voyons donc.

— De vos bons clients, ceux qui ont des millions de dollars dans leurs comptes. Ces personnes-là et leurs comptes, vous devez sûrement les connaître, n'est-ce pas ?

— Comme tout bon directeur de banque, je délègue mon autorité selon les types de comptes. Sachez que tous nos clients sont importants pour nous.

— Oui, bien sûr. Je pense même reconnaître le slogan de votre banque. Bref, les déposants qui possèdent des millions, c'est vous qui les gérez, n'est-ce pas ?

— Pourquoi toutes ces questions ? Nos procédés personnalisés pour ces types de comptes sont ultra-confidentiels, j'y jette un coup d'œil, certes, et...

— Merci, vous avez répondu à ma question. J'irai donc droit au but. Le, ou vers le 12 octobre dernier, monsieur Jérôme Dandurand s'est présenté ici pour déposer un chèque de 2 millions de dollars. Ça vous sonne des cloches ?

— Ben voyons, je vous le répète, c'est du domaine privé et cela ne vous regarde absolument pas. À quoi jouez-vous ? Je n'ai plus rien à faire ici. Je n'ai plus rien à vous dire. Au revoir.

— Rassoyez-vous, monsieur, lui ordonna l'inspecteur en lui prenant le bras. Je crois savoir que vous possédez, entre autres, une magnifique et prestigieuse résidence aux abords du lac Memphrémagog, qui ne peut pas réellement correspondre à votre salaire et même à toute l'épargne d'une vie de banquier. L'évaluation municipale de cette résidence s'élève à quelque 14 millions de dollars. Souhaitez-vous que nous en parlions, un peu ? poursuivit-il, le regard menaçant.

— En quoi cela vous regarde-t-il ? demanda le directeur, se délivrant de l'emprise de son vis-à-vis.

— Je vous en prie. Rassoyez-vous. Dites-moi ce que je veux savoir à propos du compte de monsieur Dandurand et j'en resterai là.

— C'est du bluff, votre histoire, rétorqua-t-il tout en reprenant place.

— Oh que non ! Je possède tout ce qu'il me faut pour faire déclencher une enquête à votre sujet, sur vos biens d'ici et d'ailleurs, et plus précisément aux Bahamas, ainsi que l'argent détourné, sur vos ordres, par votre conjointe, Alicia Amado. Vos relations d'affaires avec certains clients de votre banque sont, avouons-le, des plus questionnables. Voulez-vous des noms ? proposa Laplante sur un ton provocateur.

Le directeur venait d'entendre certaines vérités à son sujet et savait pertinemment que ce n'était que la pointe de l'iceberg. Il n'était pas net et il se savait maintenant coincé. Jonglant avec ces propos, il pesa le pour et le contre. Refuser ou collaborer : « Qu'est-ce que vous m'offrez en échange ? »

— Premièrement, je crois vous en avoir suffisamment appris pour surveiller vos arrières et, deuxièmement, le silence. Mon silence. C'est ma parole. Dites-moi ce que je veux savoir et vous ne m'apercevrez plus jamais, même pas dans vos pires cauchemars.

Après un bref moment d'hésitation, tout en se massant ardemment et anxieusement le menton, le directeur déclara : « *Deal* ! » Avait-il le choix ?

Duval raccompagna le directeur à la banque. Ce dernier lui présenta sa directrice des comptes et lui signifia qu'elle devait répondre aux demandes de l'agent en lui fournissant tous les renseignements nécessaires au sujet du compte de Jérôme Dandurand : les renseignements provenant des préposés au comptoir, l'ouverture du ou des comptes de banque, les placements, le coffret de sécurité, les dates de dépôts et de retraits en personne ou aux guichets automatiques, les sommes en cause ainsi que toutes les captures vidéo. Bref, tout ce qui concernait le client Jérôme Dandurand.

Chapitre 10

Visite d'Élise chez le notaire

Après avoir passé un week-end loin des tracas et des bruits de la ville, Élise retourna à son appartement et retrouva l'horloge au point mort, à 6 h 32. Pourtant, sa montre indiquait plutôt 23 h 32. Étrange coïncidence, se dit-elle, étonnée. Le chiffre 32 correspondait à son âge. Malgré un certain rapprochement ésotérique, elle n'en fit pas de cas. Elle venait de parcourir quelque 140 kilomètres séparant son chalet bordant le Lac Blanc situé à Notre-Dame-de-la-Merci, dans Lanaudière, de son condo de Montréal. Elle avait plutôt la tête à se préparer à aller au lit.

Ce somptueux chalet avait été obtenu par ses parents et, à la suite de leur décès, elle en avait hérité, ainsi que Jérôme et Éther. Il n'en voulait pas. Il aimait mieux la ville. Les deux sœurs lui avaient fixé un prix qu'il se refusait de négocier et avaient racheté sa part d'héritage. Quelque temps plus tard, Éther, qui prétextait n'avoir aucun intérêt particulier pour ce magnifique bâtiment et son emplacement, qui ferait pourtant l'envie de plusieurs adeptes du plein air, avait offert à Élise de racheter sa part. Malgré ses économies et un très bon salaire, elle avait dû contracter un prêt à la Caisse pour payer le montant exigé par Éther, qui ne lui avait pas fait de cadeau. Au contraire, comme dans une vague haussière en bourse, le prix de vente avait subitement augmenté, bien au-delà de l'évaluation municipale. Élise ne souhaitait pas négocier le prix avec cette vipère et avait accepté l'offre d'Éther, quelque peu étonnée, car si elle avait su… Qu'à cela ne tienne, Élise y tenait absolument, ne serait-ce que pour les très bons souvenirs d'enfance. Le chalet était ainsi devenu sa résidence secondaire.

Elle régla l'horloge à l'heure indiquée sur sa montre, remonta les pendules et alla enfin se coucher. Relaxant son corps et son esprit, elle se mit à réciter dans le noir, dix fois de suite, la prière suivante semblable à un mantra: «De jour et de nuit, à tout point de vue, tout va de mieux en mieux. Je passe une merveilleuse nuit». Et s'endormit d'un sommeil profond. Au réveil, elle reprenait ce mantra avec cette légère modification: «De jour en jour, à tout point de vue, tout va de mieux en mieux. Je suis confiante et je passe une merveilleuse journée.» qu'elle répétait également une dizaine de fois, et aussi durant la journée, avant une décision difficile à prendre ou simplement pour méditer et mieux se réconcilier avec les hauts et les bas de sa vie, et croire qu'elle aurait une meilleure vie, maintenant!

Étonnamment, elle ouvrait toujours les yeux quelques minutes avant le son d'une douce musique provenant de sa tablette faisant ainsi office de réveille-matin. Elle se redressa, s'étira jusqu'au bout des doigts, jusqu'au bout des orteils tout en prenant une bonne respiration, les cheveux en bataille, et se leva. Elle ouvrit grand les rideaux, laissant entrer les faibles faisceaux de lumière du jour d'un début d'automne. Il était 6 h.

Toilette, petit déjeuner, manteau, sac à main, ascenseur et direction l'agence. Arrivée au rez-de-chaussée de son immeuble, elle eut un flash : elle n'avait pas pris le message transcrit sur son bloc-notes. Zut ! Retour à la case départ.

Une fois la réunion terminée, qui avait, heureusement pour elle, débuté à 8 h 30 au lieu de 8 h comme prévu, sinon elle aurait été légèrement en retard, elle retourna à son bureau et composa le numéro du notaire Duclos.

— Bureau des notaires Duclos et Duclos, bonjour.

— Oui, bonjour madame. Je suis Élise Dandurand et je souhaiterais m'entretenir avec Me Philippe Duclos, s'il vous plaît.

— C'est à quel sujet ?

— Je ne le sais pas. Quelqu'un de votre bureau m'a laissé un message vendredi matin. C'était une voix de femme. Elle n'a pas laissé son nom, du moins, je ne l'ai pas pris en note. Je crois. Bref, je...

Elle entendit une musique classique et sa ligne était vraisemblablement en attente. Elle avait été laissée pour compte, dans les méandres de la communication téléphonique.

— Pardonnez-moi pour cette brève attente, madame Durant. La réceptionniste est nouvelle et doit apprendre. Je vous prie d'accepter toutes nos excuses.

— Dandurand, Élise Dandurand, insista-t-elle.

— Oh, pardon. Que puis-je faire pour vous ce matin, madame Dandurand ?

— J'ai reçu votre message vendredi matin et je n'ai pas eu l'occasion de vous rappeler. De quoi s'agit-il ?

— Désolé. Je ne suis pas habilité à répondre à votre demande. Veuillez garder la ligne et je vais vérifier si Me Philippe Duclos peut vous parler.

— Oui. Mais… je veux juste savoir…

Encore en attente. Élise commençait à perdre patience, à bouillonner de l'intérieur. Elle n'avait pas que ça à faire, attendre, surtout que ses collaborateurs étaient presque tous en ligne pour recevoir ses instructions relatives à leur boulot et à leur charge de travail du jour. D'ailleurs, comme tous les lundis matin. Élise ne s'attendait pas du tout à ce brouhaha inhabituel. Elle leva l'index pour leur indiquer de patienter une petite minute… ou deux.

— Madame Dandurand ? Merci d'avoir patienté.

— Oui, oui. Je n'ai pas que ça à faire, attendre. J'ai du travail et…

— Désolé. Me Duclos désire vous convoquer cet après-midi à 14 h précises. Il compte sur votre présence. C'est très important.

— Mais de quoi s'agit-il ? Pourquoi est-ce si important et si expéditif ?

— Seul Me Duclos pourra vous répondre. Il m'a demandé d'insister. Il compte sur votre présence. Je l'informerai que vous y serez. Pour 14 h précises, aujourd'hui.

— Oui. Oui. J'ai compris. Bonne journée ! conclut Élise, soupirant d'interrogations.

« Non, mais ! pensa-t-elle en raccrochant le combiné. Qu'est-ce que tout cela peut bien faire que je n'y sois pas ? s'interrogea-t-elle. Ah ces juristes ! Ce notaire ! Ma foi, se croit-il être un juge ? Si je ne m'y rends pas, aurai-je une condamnation pour outrage au cabinet Duclos ? » ragea-t-elle.

Élise avait des sautes d'humeur lorsque les choses ne roulaient pas rondement. Ses collaborateurs en savaient quelque chose. Le vent pouvait vite changer de bord. D'une fine pluie chaude d'été en orage violent. Elle n'était pas devenue patronne par le fait du hasard. Surdouée à l'école, elle avait entrepris très tôt ses études supérieures afin d'obtenir une licence en Information-Communication à l'université Paris-Sorbonne, une maîtrise en Sociologie obtenue à l'Université de Montréal, en parallèle avec ses études au baccalauréat en Communication à l'UQAM et finalement, un MBA à McGill. Elle avait acquis ses compétences à la dure en gravissant les échelons à l'agence de publicité où elle travaillait depuis une dizaine d'années. Pour son jeune âge, elle avait du caractère, du chien, et elle savait le démontrer. Elle était une battante, bourreau de travail. Elle était ferme avec ses employés tout en étant reconnaissante envers eux pour le travail bien accompli. Autant on pouvait la craindre, autant on pouvait l'apprécier.

Si cela se produisait, elle avait la capacité intellectuelle et morale d'admettre ses erreurs, de corriger le tir et de relancer illico le projet. En revanche, si un collaborateur commettait une erreur, il devait également l'admettre. Ainsi, elle avait développé un puissant sentiment de responsabilité collective. Elle n'était pas du genre à se défiler devant une situation qui semblait la mettre en cause, ou à faire porter le blâme par ses collaborateurs. Sa devise : « Pour chaque problème, nous trouverons la solution, ensemble. » Et, effectivement, une solution était toujours trouvée, en équipe, car elle y tenait, à son équipe, et celle-ci le lui rendait très bien.

Déjà 13 h. Élise n'avait pas vu le temps passer. Elle fit la tournée de ses collaborateurs, plus rapidement qu'à son habitude, pour s'assurer que tout se passait très bien pour eux, en leur confirmant qu'elle serait de retour en fin d'après-midi, croyait-elle ! Elle se dirigea vers l'étude du notaire qui n'était située qu'à quelques jets de pierre de son bureau.

— Merci pour votre exactitude, madame Dandurand, lui dit la réceptionniste. Veuillez prendre place dans ce fauteuil. J'avise immédiatement Me Duclos de votre arrivée.

Élise connaissait l'endroit, qu'elle avait déjà visité lors de l'ouverture du testament de l'oncle Henri. Un bureau des plus classiques, logé dans un édifice patrimonial du Vieux-Montréal. Meublé de bibliothèques d'époque faites de chêne massif, faisant office de murs, remplies au maximum de leur capacité de bouquins et livres de lois, derrière des portes vitrées. Est-ce qu'il les avait tous lus ? s'interrogea-t-elle, sourire en coin, ou n'était-ce que pour épater la galerie ? Ses diplômes et quelques tableaux ornaient les murs encore disponibles. Évidemment, des affiches encadrées de bois massif des groupes Iron Maiden ou Pink Floyd n'auraient probablement pas eu le même effet. Quoique, pour de jeunes notaires weird ! Il n'y a pas de mauvaises idées. Il n'y a que de fausses idées, pensa-t-elle. Ces réflexions absurdes, croyait-elle, détendaient son esprit pour ainsi chasser une certaine nervosité, voire une forte appréhension : « Pourquoi veut-il me rencontrer ? On ne va pas chez un notaire comme au dépanneur. Après tout ce qui est survenu ces derniers temps, que va-t-il m'apprendre, encore ? Tiens, c'est nouveau : un Courchesne abstrait très coloré, accroché au mur dans ce bureau plutôt austère et conformiste. Ça détonne. Probablement un coup de cœur. »

— Bonjour, madame Dandurand, dit le notaire en entrant dans son bureau. Heureux de vous recevoir et de vous revoir.

Le notaire l'accueillit d'une voix douce, hochant la tête en guise de salutation, demi-sourire et lèvres plissées.

— Je vous en prie, veuillez vous asseoir, l'invita-t-il en pointant de sa main la chaise d'époque face à sa grande table de travail, toujours en bois massif assorti, sculptée à la main, faisant office de bureau.

Différents objets ou outils de travail d'époque trônaient sur ce meuble : un plumier, une petite horloge encastrée dans un boîtier de bois assorti au mobilier, un sceau pour embosser et officialiser légalement des documents, et quelques dossiers, ici et là.

— Désolé pour la spontanéité de la prise de rendez-vous, mais je ne fais qu'exécuter les dernières volontés de monsieur Henri Dandurand, votre oncle décédé le…

Il cherchait la date dans sa paperasse.

— Mais qu'est-ce que l'oncle Henri vient faire ici ? questionna-t-elle.

— Je vous en prie, madame Dandurand, laissez-moi poursuivre. Donc, votre oncle Henri Dandurand, décédé le 12 juillet de l'an 2016, m'a chargé de vous transmettre, aujourd'hui même, ce 21 novembre 2016, à 14 heures et 32 minutes précises, soit 132 jours après sa mort, cette enveloppe.

Il la lui montra, dûment scellée, avec sceau officiel apposé.

Élise, stupéfaite, s'avança pour prendre possession de cette enveloppe, qui lui sembla des plus mystérieuses.

— Veuillez patienter, madame. Ce n'est pas encore l'heure. Dans l'attente, je vous prie de lire ce document attentivement, le dater et le signer. Celui-ci constitue l'acceptation de son contenu et constitue, en quelque sorte, une quittance pour moi.

Élise s'exécuta sans trop comprendre. Bien sûr, elle pouvait refuser, mais en même temps, elle était très curieuse et quand même préoccupée de découvrir le contenu de cette enveloppe. Pendant qu'elle lisait le document, le notaire prit le combiné et demanda à son adjointe administrative de se joindre à eux. Élise regarda le notaire d'un air interrogateur. Il lui fit signe des yeux et de la main de continuer à lire pendant qu'il regardait sa montre et son horloge, synchronisées à la seconde près. L'adjointe entra et prit place dans le fauteuil voisin.

— Voilà, j'ai terminé la lecture. Si je comprends bien le sens de ce document, il confirme simplement que vous m'avez donné l'enveloppe selon les dernières volontés de l'oncle Henri et que je n'ai rien à redouter.

— Exactement, madame. Il faut se hâter, les secondes commencent à s'écouler. Je vous présente madame Colette Fournier, mon adjointe juridique… Veuillez signer le document, madame Dandurand, vite, vite, vite, le temps presse. Merci. Maintenant, à vous, madame Fournier de signer à titre de témoin.

Elle s'exécuta sur-le-champ.

— Voilà. Plus que 32 secondes.

Il y avait un silence de mort. Seul le tic-tac de l'horloge se faisait entendre. Le notaire tenait l'enveloppe entre ses mains comme s'il s'agissait d'un document très précieux. Fixant l'horloge murale et sa montre, tour à tour. À 14 h 32 pile, il tendit brusquement l'enveloppe vers Élise. Elle était pétrifiée, fixant le notaire, comme si elle n'y croyait pas. Une mise en scène de l'exubérant et quelque peu excentrique oncle Henri.

— C'est maintenant l'heure. Voici l'enveloppe, madame Dandurand. Prenez-la. J'insiste, ajouta-t-il, la tendant vers Élise. Elle est maintenant à vous, elle vous appartient. J'ai également instruction de vous informer que vous devez ouvrir cette enveloppe, afin de découvrir son contenu, seulement... attendez que je lise, ah oui, seulement lorsque vous serez devant l'horloge grand-père que monsieur Henri Dandurand, votre oncle, vous a laissée en héritage. Peu importe l'heure du jour ou de la nuit, pourvu que la grande aiguille des minutes indique précisément 32 minutes, comme 2 h 32 ou encore 11 h 32. Voici un exemplaire de ses instructions. Voilà, c'est tout pour moi.

S'étirant posément le bras, elle prit possession de l'enveloppe, l'approcha fébrilement vers elle, la fixa, pétrifiée. Elle regarda le notaire, madame Fournier à sa droite et l'enveloppe.

— Avez-vous des questions ou des commentaires ? Madame Dandurand ! Madame Dandurand ! Vous vous sentez bien ? s'inquiéta Me Duclos, constatant qu'elle avait perdu ses couleurs, qu'elle avait le teint pâle. »

Hochant lentement la tête en guise d'affirmation, Élise était sans mots. Toujours étonnée, voire quelque peu confuse, elle regardait cette mystérieuse enveloppe. Beaucoup de questions confuses sans réponses, et des théories qui ne tenaient pas la route lui trottaient dans la tête. Et quelle était la raison de l'ouvrir devant l'horloge, à 32 minutes ? Elle était très intriguée et appréhendait le moment de l'ouverture de l'enveloppe, même si elle était de nature positive et créative. Mais là, cette situation la dépassait.

— Oui, Maître. Je me sens bien. Je ressens en ce moment un choc que je ne peux pas m'expliquer. Je ne sais pas pourquoi, c'est comme vivre une expérience extrasensorielle. Je ne sais pas. Je ne sais vraiment pas. Soyez sans crainte, tout va bien.

— J'en suis désolé, madame. Je n'ai fait qu'exécuter ce que monsieur Henri Dandurand m'a confié comme mandataire et j'ajouterais, comme mission, si je puis dire. Souhaiteriez-vous boire un peu d'eau fraîche ?

— Non, non, merci. Ça va bien. Je ne vous en veux pas. En découvrant son contenu, j'aurai peut-être une réponse ou une piste de solution à ce qui semble être une énigme déroutante. Cette mystérieuse enveloppe, l'horloge grand-père, le délai. En fait, oui, j'aurais une question.

— Je vous écoute.

— Pourquoi souhaitait-il que je reçoive cette lettre, aujourd'hui, 21 novembre, à 14 heures et 32 minutes précises, exactement 132 jours après son décès ? Ne trouvez-vous pas cela étrange ?

— Je n'ai pas à analyser, commenter ou juger les dernières volontés de mes clients. C'est à vous de le découvrir. Je ne peux que vous souhaiter bonne chance, madame Dandurand, répondit le notaire en lui serrant chaleureusement la main. Madame Fournier va vous raccompagner vers la sortie.

— Bon, se résigna-t-elle, quelque peu déçue de sa réponse, merci quand même.

Trop secouée par cet événement inattendu, elle téléphona à son assistante pour l'aviser qu'elle ne retournerait pas à l'agence comme prévu. Elle lui donna quelques instructions à transmettre à ses collaborateurs. Elle retourna à son appartement. Comme convenu, elle s'assit nerveusement devant l'horloge, l'enveloppe bien en main, tout en éprouvant une forte appréhension.

Chapitre 11

L'horloge se révèle

Hésitante, yeux bleus grand ouverts et portant dans ses mains l'enveloppe à bout de bras, Élise l'examina de tous bords tous côtés, après toutes ces heures d'attente et de réflexions, et se décida enfin à ouvrir cette grande enveloppe d'un format légal estampillée du sceau du notaire. Elle en ressortit une autre bien cachetée. C'était celle de l'oncle Henri, adressée de sa propre main : À ma chère nièce préférée. « Ah bon ! » se dit-elle. Elle l'ouvrit pour découvrir deux petites feuilles de papier fin d'un jaune pâle pliées soigneusement en deux parties, qui semblaient être une lettre qu'elle retira délicatement de l'enveloppe. Il y avait également une autre enveloppe, plus petite, tout aussi bien cachetée. Elle déposa les enveloppes sur la table basse et se concentra sur la lecture de la lettre manuscrite à l'aide d'une plume-fontaine, avec une calligraphie soignée que l'auteur contrôlait très bien, ce qu'elle avait pu constater à maintes reprises lors de ses visites au domicile de l'oncle Henri. Elle reconnaissait très bien sa manière de façonner, lettre par lettre, des textes avec cet instrument d'écriture qui n'est plus vraiment utilisé de nos jours. Cette lettre était datée et signée.

6 juillet 2016

« Ma chère nièce préférée. Oui, préférée, car Éther m'a toujours semblé loin de moi et indifférente. Arrogante à ses heures, condescendante également. Pourtant, toute petite, elle était si mignonne, ouverte d'esprit et d'une intelligence qui m'a fait penser qu'elle ferait de grandes choses dans sa vie. Eh, non. Malheureusement. Elle a préféré se marier avec ce Steve, malotru. Elle m'a semblé fuir quelque chose. Bref, tu la connais mieux que moi.

Donc, ma chère Élise, tu as dû être surprise de recevoir ce legs plutôt bizarre : une horloge grand-père, tandis que ton frère cadet recevait 2 millions de dollars et Éther, 200 000 $. J'ai toujours aimé le dynamisme de Jérôme et je crois que mon legs l'aidera à mettre en valeur sa fougue dans la vie. Quant à Éther, ne serait-ce qu'un prix de consolation ? Tu me connais, Élise, je ne saurais être méchant et plein d'amertume. J'espère qu'elle pourra, avec ce modeste montant, se payer du bon temps, à elle.

Or, je ne voulais pas te dévoiler le cœur, que dis-je, le balancement des pendules, telle une ode imaginaire, harmonieuse et bienfaitrice que cette magnifique horloge procure par son tic-tac-tic-tac ou, c'est selon, son tac-tac-tac..., lentement, très lentement, tout en faisant corps avec l'inconscient, finalement, mais qui détend le corps et apaise l'âme. Une vraie thérapie de l'esprit et de la pensée créatrice, et c'est ton domaine, la créativité, et tu sembles très bien réussir. Je suis fier de toi !

Je t'ai réservé, ma chère nièce préférée (j'aime l'écrire et l'entendre résonner dans ma tête) une très belle surprise pour tes 32 ans. J'espère que tu apprécieras et en profiteras pleinement.

Je t'invite donc à ouvrir la petite enveloppe et à suivre fidèlement les instructions qui s'y trouvent... Tu en seras émerveillée.

Je t'embrasse fort... et sois heureuse.

Oncle Henri, qui est maintenant aux anges !

P.-S. Pardonne-moi pour ce legs qui t'a assurément semblé étrange ! ! ! »

Émotive, elle se mit à pleurer. Elle relit cette lettre à maintes reprises, ne s'en lassant point. Elle se souvenait qu'à l'âge de 6 ans, à la naissance de Jérôme, oncle Henri, sa femme Janine et même ses parents n'en avaient que pour le nouveau venu dans la famille. Un mal pour un bien, s'apercevant que son frère unique Jean-Guy n'en avait que pour Jérôme, l'oncle Henri et Janine avaient soin d'elle le mieux qu'ils pouvaient, sans toutefois trop en faire pour éviter des luttes fratricides, entre elle et sa sœur, toujours provoquées par Éther.

Remise de ses émotions, elle prit cette petite enveloppe, la fit pivoter entre ses doigts et la déposa sur la table basse, se demandant bien ce qu'elle pouvait contenir. Tout en cristallisant son regard sur celle-ci, elle s'enfonça dans la causeuse en s'interrogeant sur le rapport qu'il pouvait y avoir entre cette enveloppe de couleur vert foncé et l'horloge. Cessant ses spéculations irrationnelles après quelques minutes, elle opta pour l'ouvrir et découvrir son contenu. Une autre lettre s'y trouvait.

6 juillet 2016

« … Ha ! Nous y voilà, chère Élise, ma nièce préférée.

Cette horloge que je t'ai léguée a une certaine valeur, certes, mais ce n'est pas de cela que je veux t'entretenir aujourd'hui. Toutefois, tu en auras besoin pour découvrir mon vrai legs, celui que je tenais à t'offrir à ma mort… qui arrivera très bientôt. Ah, ce maudit cancer, je n'en avais pas besoin. Qui en veut ? Personne, bien sûr. Paradoxalement, c'est aussi ça la vie ! ! ! Et elle continue et s'émerveillera pour toi, j'en suis convaincu.

Donc, par l'arrière, ouvre la porte de l'horloge et vois à l'intérieur pour découvrir les plaquettes fixées au haut de celle-ci, il y en a quatre. L'une d'entre elles camoufle un document inséré dans un petit tube vert forêt. À toi de le dénicher et...

Je t'embrasse fort et j'espère que tu auras assisté à mes funérailles.

Oncle Henri et tante Janine, que je rejoins, nous ayant quittés il y a deux ans, te saluent de haut !

P.-S. Je te souhaite une vie remplie de bonheur, et toutes ces magnifiques occasions que tu rencontreras sur ton chemin. »

Bien évidemment que j'ai assisté à tes funérailles, songea Élise. Quoi ? se demanda-t-elle, relisant le troisième paragraphe : « ... découvrir la plaquette ? ! ? » Mais, mais, mais, c'était inscrit sur l'enveloppe de la dix milliardième personne qui a pris place dans la spirale de mon rêve : « Ouvrir et voir à l'intérieur. Découvrez la plaquette », se dit-elle à haute voix, complètement sidérée, bouche bée. Elle fut prise d'un grand frisson qui traversa son corps de haut en bas et elle faillit perdre connaissance. Reprenant ses esprits, elle se ressaisit et relut ces instructions en se questionnant à nouveau : « J'ai 32 ans, remise de l'enveloppe 132 jours après sa mort, à 14 h 32, l'ouvrir à 32 minutes indiquées à l'horloge. Mais quelle est la signification du chiffre 32 ? ».

« Elle pèse toujours une tonne », se dit-elle. Comme elle l'avait déjà déplacée de peine et de misère vers le salon, la retourner ne serait qu'un jeu d'enfant. Hélas ! non, elle portait toujours son poids. Élise devait également être prévoyante pour éviter que l'horloge bascule vers l'avant et se fracasse sur le plancher. Elle réussit à la tourner suffisamment pour ouvrir la porte arrière et apercevoir qu'effectivement, il y avait quatre plaquettes, comme décrit, en angle de quarante-cinq degrés, fixées au haut de l'horloge. Chacune d'elles comptait quatre petites vis à tête cruciforme. « Est-ce que je possède un tournevis avec un embout compatible avec de telles vis ? » se demanda-t-elle. Elle se dirigea vers la cuisine et se mit à fouiller dans différents tiroirs range-tout pour s'apercevoir qu'elle n'en possédait pas. « Je dois trouver une quincaillerie », se dit-elle. Elle sortit sa tablette, et Google lui donna la réponse : quincaillerie à proximité, boulevard Saint-Laurent, et une autre sur l'avenue du Parc. Elle prit soin de téléphoner pour s'assurer de la disponibilité du produit et on lui répondit que toutes les quincailleries vendent depuis toujours ce type d'outil. Elle se sentit bien naïve au bout du fil. Elle descendit au stationnement souterrain de l'immeuble et fila droit vers la quincaillerie sur Saint-Laurent, tout en ayant pris soin de prendre quelques clichés des plaquettes et des vis. Elle sortit son téléphone et montra ses photos au quincaillier qui lui conseilla un tournevis tout-en-un et, pour la rassurer, car elle lui démontra qu'elle n'avait pas beaucoup d'espace de manœuvre, il lui conseilla également un kit plus petit. Bref, elle sortit bien équipée et en confiance.

Elle retourna chez elle. Il était déjà près de 18 h. En guise de souper, elle se prépara un bol de salade, mayo maison, thon, câpres et bout de baguette, le tout accompagné d'un verre de rouge. Était-ce raisonnable de boire du vin ? Elle n'avait pas pris le temps de dîner, trop anxieuse de rencontrer le notaire. Elle n'avait bu qu'un petit verre d'eau minérale.

Avec toutes les émotions de la journée, trop nerveuse et en même temps très curieuse de résoudre l'énigme posée par l'oncle Henri, elle n'avait pas vraiment d'appétit, mais elle se résolut à prendre quelques bouchées. Et comme le mentionne le diction : « … l'appétit vient en mangeant », elle s'installa à la petite table de la cuisinette, dos au salon pour éviter de voir l'horloge, et enfin se reposer l'esprit tout en écoutant une symphonie de Beethoven.

Chapitre 12

La surprise de l'oncle Henri

« Bon ! Allons-y. Au travail, ma grande », s'ordonna-t-elle. Élise plaça ses outils sur la table basse et essaya un premier embout, trop gros. Puis un autre et, finalement, ce fut le bon. Il manquait visiblement de lumière afin de bien exécuter cette tâche, qu'elle n'avait pas vraiment effectuée dans sa vie. Le travail manuel n'était pas sa tasse de thé, quoiqu'avec le chalet du Lac Blanc, elle devait s'y habituer, du moins pour de légères besognes. Elle approcha une lampe de salon. Ce n'était pas l'idéal, mais c'était mieux que rien.

« Quelle est la plaquette qu'il faut dévisser en premier ? » se demanda-t-elle. Elle en choisit une au hasard. Les deux vis près de la porte furent relativement faciles à dévisser. Quant aux deux du fond, pas évident de faufiler un tournevis, avec peu de luminosité et tout le mécanisme qui lui donnait peu de place afin d'exécuter son travail sans rien endommager, ou même briser irrémédiablement des pièces. Elle songea un court instant à demander de l'aide à un expert. Mais où le trouver et est-ce que ça existait ? Trop hâte de découvrir le mystère que cachait cette horloge, elle écarta cette possibilité et continua malgré les obstacles rencontrés à *zigouner* du mieux qu'elle le pouvait.

Elle réussit à libérer la plaquette fixée à sa droite de ses quatre vis, qu'elle avait soigneusement placées dans un petit vase de verre décoratif, mais celle-ci resta en place comme si elle était collée. « Ah, non !, grogna-t-elle. Pourquoi ne veux-tu pas lâcher prise ? » Elle tenta de la décoller délicatement avec ses bouts de doigts. « Aie ! ! ! hurla-t-elle en regardant ses ongles, dont un s'était cassé durant sa manœuvre ratée. Maudite horloge ! Que me veux-tu ? Je ne t'ai rien fait ! » Sans crier gare, la petite plaquette de trente par huit centimètres s'écrasa au fond de l'habitacle en heurtant au passage un des carillons. Élise sursauta et figea spontanément, pencha la tête vers l'intérieur, regarda de haut en bas, la saisit et la scruta attentivement. Rien. Dans son imagination, c'était comme si cette plaque de bois lui disait : « Hahaha, ma belle, mauvais choix. Il te reste encore trois chances. »

Elle la plaça près du vase, prit son souffle et s'attaqua à la deuxième plaquette, celle de gauche, qui lui donna encore plus de fil à retordre, l'impatience et l'intolérance n'aidant pas. Rien de rien. « Comment un esprit aussi tordu peut-il me faire travailler ainsi pour trouver je ne sais trop quoi ? Grrrrr ! Pardonne-moi, oncle Henri, mais là, tu as mis le paquet », bougonna-t-elle à haute voix.

Elle continua cette fois-ci avec la troisième plaquette placée à l'arrière, au-dessus de la porte, où il était impossible d'apercevoir les vis, à moins de démonter le mécanisme. Ce qu'elle refusa d'envisager. Quoique, cela aurait été plus facile et, en même temps, l'horloge aurait probablement été une perte totale. Elle y alla donc à tâtons, essayant de trouver les vis et de placer l'embout au bon endroit, se tortillant les bras, les mains et les doigts, le front collé sur ce meuble de bois. Elle se dit que ce serait la bonne, puisque la quatrième était très mal placée et semblait plus difficile d'accès, voire impossible. C'était mal connaître oncle Henri. Une fois retirée, Élise eut un soupir de soulagement. Elle palpa de ses bouts de doigts l'espace laissé vacant. Encore une fois, le néant.

Avant de continuer, elle soupira, s'assit dans la causeuse et se dit que ce n'était peut-être pas le message que l'oncle voulait lui envoyer, qu'elle avait mal décodé. L'idée de tout laisser tomber lui passa par la tête. Pourquoi se la casser ? Après toute cette besogne, elle ne voyait pas pourquoi elle devait continuer à s'acharner. Elle laissa choir le tournevis sur le tapis, passa ses mains dans sa longue chevelure. Son ongle cassé freina brusquement son mouvement. Elle s'aperçut que deux autres ongles s'étaient aussi abîmés. Question de se consoler et surtout de se détendre quelque peu, elle but une bonne rasade de rouge. Elle lima ses ongles afin de stopper leur détérioration. Il était 21 h et la tête commençait à lui tourner. Elle consulta son agenda de travail du lendemain sur son cellulaire, pour se rendre vite compte qu'elle avait une réunion de travail avec ses égaux et patrons de la boîte à 8 h 30. « Ah, non ! pas une réunion avec les boss, marmotta-t-elle. Je vais finir ce travail d'horlogerie demain au retour. Pas le choix. » Elle s'esclaffa d'un rire d'encouragement. « Vaut mieux ça que de pleurer. À demain, oncle Henri et ton mystère. » Elle se mit au lit.

* * * * *

Le lendemain matin, après une nuit agitée, elle décida de s'éloigner de l'horloge. « Pouaf ! » fit-elle, avec un signe de refus de la main, comme si celle-ci la comprenait. Elle lui fit une grimace de la langue, moqueuse et de défi. Elle ne déjeuna pas à la maison. Elle ne voulait pas partager son repas avec ce monstre qui la faisait rager, mais prit plutôt la direction d'un petit restaurant de quartier près de son lieu de travail où on servait de bons déjeuners santé. Malgré elle, Élise ne pouvait se défaire de l'idée de se battre encore avec cette horloge. Cela en valait-il le prix ? Une fois rendue où elle en était, elle se dit qu'elle s'approchait du but. Qu'une seule plaquette à enlever, mais toute une. Plus elle y pensait, plus la montagne du défi grossissait. Elle ne voyait plus la fin. Elle nourrissait une haine envers ce qui était devenu une chimère désagréable dans son esprit, et en même temps un découragement : « Tout ce que tu crois comme vrai s'exprime dans ta vie », dit-on.

Durant la journée, on lui posa les mêmes questions : « Que t'est-il arrivé ? Tu t'es blessée ? Qu'est-ce qui s'est passé ? »... et toutes ces choses, comme elle avait appliqué des pansements du type *Band-Aid* sur deux de ses doigts pour camoufler, tant soit peu, ses ongles cassés. Elle leur raconta, d'une façon démonstrative et très convaincante, qu'elle avait tenté d'ouvrir maladroitement le couvercle d'un pot Masson de confiture de sureau qu'on lui avait offert en cadeau. On la crut sur parole. D'ailleurs, elle avait pris soin de prendre rendez-vous, après sa journée de travail qu'elle avait écourtée, avec son esthéticienne préférée afin de se faire manucurer pour ainsi corriger la situation.

Sur le chemin du retour, elle s'arrêta à un magasin d'horticulture pour s'acheter une paire de gants conçus pour le jardinage, en coton et polyester, pour avoir une bonne prise et se protéger d'éventuelles blessures aux mains et aux doigts, et à ses précieux ongles. Puis, à l'épicerie, se choisir un souper pour apporter. Aussitôt arrivée à la maison, et sans attendre, elle prit son repas tout en dévisageant l'horloge et en s'imaginant des plans pour arriver à se défaire le plus aisément possible de la quatrième plaquette. Depuis la veille, une question tournait dans sa tête : « Cela en valait-il la peine, ou n'était-ce qu'une blague à la con de l'oncle Henri ? Il n'aurait quand même pas imaginé tout ce processus pour rien. En plus des frais de notaire que cela a engendré. L'oncle Henri n'était quand même pas un imbécile. » Elle prit la décision d'aller jusqu'au bout, car c'était le seul moyen d'en avoir le cœur net et ainsi, dormir la conscience tranquille et surtout, en paix. Elle avala un grand verre d'eau, délaissant le vin qu'elle boirait en guise de victoire ou de prix de consolation, si elle réussissait à élucider ce que cette dernière plaquette pourrait lui dévoiler. Elle attacha ses magnifiques et longs cheveux en queue-de-cheval. Elle était tout excitée à l'idée de connaître la conclusion de cet étrange legs.

« Allez, ma grande, on continue. Tu ne m'auras pas ! » Elle mit ses gants, balaya des yeux l'objectif, prit le petit tournevis spécifique aux vis et commença son exploration, et c'est le cas de le mentionner, puisqu'elle tentait de découvrir ce secret à bout de bras. Elle atteignit la première vis, mais le mécanisme de l'horloge gênait ses mouvements. Elle tourna la vis, tourna, tourna et la vis ne bougea que de quelques millimètres, puis Élise s'aperçut qu'elle vissait au lieu de dévisser. « Merde de merde ! Qui ne fait pas cette erreur ? » Elle se reprit et, comme cette vis était devenue plus serrée, elle dut peiner encore plus fort. Elle réussit tout de même à la déloger, sans toutefois pouvoir la conserver, puisqu'elle tomba au fond du meuble, frappant au passage un des carillons. « Tiens donc, elle m'encourage maintenant, ou se moque-t-elle de moi avec sa douce et monotone mélodie ? Ahhhhhhh, que j'haïs les horloges. Bah ! Je récupérerai la vis plus tard. » Elle s'attaqua à celle d'en dessous, avec succès. Puis, observant les vis de gauche, elle constata qu'elles étaient encore plus obstruées par la forme du mécanisme. « Non, mais, oncle Henri, pourquoi me faire subir cette épreuve ? » Effectivement, la sachant déterminée, oncle Henri souhaitait-il l'amener à se surpasser, à lui prouver qu'elle pouvait apprendre à faire preuve de résilience et arriver à ses fins ? Il n'avait pas tort.

Élise était cette femme combative et forte, mais elle était quand même hantée par ses démons.

« Pouffff ! Allons-y, ma noire. » Elle se tortilla encore et encore les bras, les mains, les doigts. Sans s'en rendre compte, elle s'était mise en mode essais-erreurs avant d'atteindre finalement sa première cible. « Bon, je tourne de quel sens, maintenant ? Yeah, ça fonctionne ! » Elle réussit péniblement à extirper cette avant-dernière vis qui fit, à son tour, résonner le deuxième carillon. « À ton tour, maintenant, et j'espère ne pas avoir fait tout ce travail pour rien. » Le manège recommença et, compte tenu de son expertise récente dans le maniement de tournevis, elle mit rapidement un terme au dévissage. La plaquette resta collée, ce qui ne la surprit pas vraiment. Elle incéra ses deux bras de chaque côté du mécanisme et essaya d'arracher littéralement la plaquette. Celle-ci refusa de céder. « Si j'enlève mes gants, peut-être aurai-je une meilleure prise ? Ce n'est peut-être pas une bonne idée ! » songea-t-elle, se souvenant que son esthéticienne lui avait fortement déconseillé d'utiliser, en toute circonstance, ses ongles comme outil. Elle donna de petits coups de tournevis sur cette dernière plaquette. À gauche, à droite. Rien n'y fit. Elle examina sa modeste panoplie de tournevis et eut une idée subite : changer l'embout cruciforme pour un plat. Elle s'installa à nouveau et au moment même où l'embout arrivait à destination, cette quatrième plaquette se détacha partiellement avec grâce, sans tomber, comme si elle voulait se faire désirer, apprécier.

Élise la retenait de sa main gauche. Elle la saisit fermement, libéra sa main droite en laissant tomber son outil sur le tapis et, à deux mains, retira la plaquette lentement. À première vue, rien d'apparent. Enfin, presque. Elle retourna la plaquette vers elle et aperçut, scotché à l'arrière, ce qui semblait être un petit tube de carton. Elle jongla du mieux qu'elle put avec la plaquette et le mécanisme, pour enfin la dégager de son confinement. Elle avait finalement trouvé une piste de solution à toute cette énigme, au son des carillons qu'elle avait heurtés au passage. Elle retira ses gants, alla chercher un petit couteau de cuisine et coupa le ruban adhésif qui retenait le tube, qui mesurait 25 centimètres par 4 de diamètre. Elle prit place dans sa causeuse de cuir, sans pour autant s'y enfoncer, et examina ce petit tube intrigant. Le carton des extrémités était écrasé. Tout en prenant ses précautions, avec son petit couteau, elle dégagea l'ouverture des deux bouts du tube. Elle prit le tube à deux mains, ferma l'œil droit et regarda dedans, comme le ferait le pirate des Caraïbes scrutant l'horizon avec sa lunette de rapprochement monoculaire rétractable. Elle aperçut un objet rond et longitudinal.

Elle se dirigea vers sa cuisinette et plaça le tube sur une planche à découper, empoigna un couteau plus costaud et tranchant, et s'assura que la tranche ne toucherait pas le contenu qu'elle déposa aisément et tout doucement sur la planche. Elle constata que ce qu'elle avait pris pour un second tube n'était en fait qu'une feuille de papier d'un vert pomme, enroulée et retenue d'un ruban assorti avec un nœud glissant. « Wow ! Quels raffinement et élégance ! » Elle défit ce nœud tout en douceur, libérant la feuille qui gonfla légèrement, et semblait lui indiquer de la dérouler entièrement. Ce qu'elle fit avec précaution et agilité. Pendant un instant, tel un crieur public dans les temps reculés, elle se voyait dérouler un parchemin au milieu d'un village médiéval : « Oyez, oyez, bonnes gens, par ordre de l'oncle Henri, je vous déroule le chemin de la fin de l'énigme », espérait-elle.

6 juillet 2016

« Ma chère Élise, ma nièce préférée.

Encore un dernier effort et tu découvriras bientôt la solution de cette énigme qui, tu me pardonneras, a dû te paraître étrange et parfois semée d'embûches. Il y a un prix à payer pour tout. Je tiens à te préciser, comme déjà mentionné, que cette horloge a une certaine valeur, et je souhaiterais que tu la conserves en notre mémoire, ta tante et moi.

Maintenant, ce qui est le plus important, c'est ce qui suit :

Tu devras te rendre au bureau de Me Philippe Duclos (oui, encore une fois, mais cette fois-ci est la bonne) et lui présenter ce parchemin. Il attend ta visite.

Surtout, ne perds pas de temps… car le temps, c'est de l'argent.

Je t'embrasse très fort et je penserai à toi pour l'éternité, où que je sois, où que tu sois.

Ton oncle préféré ! »

« Wow. Enfin, la fin approche. Que me réserve cette visite chez le notaire ? se questionna-t-elle, intriguée. Bon, quelle heure est-il ? Trop tard pour lui téléphoner, quoique, s'il m'attend, je présume qu'il est encore à son bureau. Je vais lui laisser un message dans sa boîte vocale et je pourrai donc le rencontrer demain, au plus tôt. »

— Oui, bonsoir !

— Bonsoir. À qui je parle ?

— Ne serait-il pas à moi de vous poser la question ?

— Je suis bien au bureau des notaires Duclos et Duclos ?

— Oui, madame Élise Dandurand.

— Comment le savez-vous ? Ne devais-je pas arriver sur un répondeur ?

— L'afficheur, madame.

— Oui, bien sûr.

— Donc, je suppose que vous avez finalement trouvé le document manuscrit de votre oncle Henri. Si vous le souhaitez, vous pourrez passer demain matin à 8 h, à mon bureau. Je laisse à l'instant un message texte à mon adjointe juridique que vous connaissez déjà.

— Oui, heu… J'y serai. Mais, ne pourrais-je pas passer ce soir ?

— Je vois que vous êtes impatiente de découvrir la suite. Dommage, j'avais quelques dossiers urgents à conclure ce soir et c'est fait. Je m'apprêtais à partir. Merci d'être à l'heure. À demain matin, madame Dandurand.

— Bon ! D'accord, fit-elle d'une voix résignée. Elle raccrocha, quelque peu déçue.

Élise se servit un verre de rouge. Ouvrit la télé sans vraiment regarder. Elle coupa le son et se demanda bien ce que le notaire avait de plus à lui apprendre. Elle avait reçu son legs : l'horloge. Et ce parchemin ? Elle enfila le vin, fixa les images et lentement, elle se plaça en position fœtale : « Que me veut le notaire ? J'ai pourtant reçu mon legs ? Que devrais-je savoir de plus ? »

Elle parcourut un long corridor apparemment sans fin. Une porte apparut à sa droite et s'ouvrit. Elle entra. La porte se referma derrière elle et disparut. Aucune issue possible. Aucune lueur, le noir total. Elle se sentit coincée entre quatre murs et entendit le son de milliers de carillons. Ses bras étaient coincés et elle ne pouvait pas se servir de ses mains pour les placer sur ses oreilles et tenter d'étouffer ce tintamarre épouvantable. De tout son corps, elle tenta de se libérer, mais en vain. Élise se dédoubla et se retrouva à l'extérieur de cette boîte, dans ce qui ressemblait à une salle, sans murs ni plancher. Elle se vit coincée dans cette horloge grand-père, qui tournait sur elle-même et se transformait peu à peu en forme de cercueil, flottant à la verticale. « Il y a quelqu'un ? Répondez-moi ! », suppliait-elle, prisonnière. Le tout se mit à monter en spirale dirigée par un faisceau blanc d'une très grande intensité. Elle se vit en ascension. Elle prit panique : « NON ! NON ! NON ! POURQUOI ? » hurla-t-elle.

Elle sursauta et se redressa. Il était 5 h.

* * * * *

À 8 h pile, Élise était au rendez-vous. Le notaire Duclos l'attendait. Il venait à peine d'arriver. Le personnel n'était pas encore en poste. Seule madame Fournier y était, pour éviter que son patron ne soit dérangé. Une fois entrée dans le bureau du notaire, Élise prit place dans un fauteuil connu et, au lieu de s'asseoir derrière sa table de travail, il s'assit dans l'autre fauteuil, tout près. Élise était étonnée de ce soudain rapprochement. Il lui offrit un café. Elle n'en voulait pas, trop impatiente de connaître, espérait-elle, le dénouement de cet exercice essoufflant autant physiquement que psychiquement. Elle avait très peu dormi, il va sans dire.

— Non, merci, Maître.

— Je crois bien que je décèle un empressement à…

— Oui, bien sûr, répondit-elle, ne lui laissant pas le temps de compléter sa phrase. Avec tout ce que j'ai vécu ces derniers temps. Oncle Henri a de ces façons théâtrales pour nous captiver et, en même temps, nous étourdir avec ces énigmes. Désolée de vous avoir coupé la parole, s'excusa-t-elle, plissant les lèvres, quelque peu embarrassée par sa précipitation.

— Bien. Vous avez assurément apporté précieusement le document que vous avez découvert caché dans l'horloge ?

— Oui, Maître. Je l'ai ici, dans son tube. Le voici, comme il se doit.

— Voyons voir. Tout me semble conforme.

Il le plaça sur sa table de travail.

— Je vois que vous avez suivi les instructions de votre oncle, mon ami de toujours. Il me manque beaucoup. Son départ m'a marqué au plus haut point.

Élise ouvrit grand les yeux d'étonnement. Elle n'en croyait pas ses oreilles. La relation entre l'oncle et le notaire était plus que professionnelle, elle était aussi amicale. Le notaire s'occupait d'officialiser beaucoup de transactions immobilières et était, en quelque sorte, son conseiller financier. Au-delà du travail et des affaires qui avaient rendu le notaire prospère, ils avaient développé une très grande relation amicale entre eux, ainsi qu'avec leur femme. Les couples s'adonnaient au golf et s'intéressaient à la musique classique. Ils avaient souvent assisté à des concerts symphoniques, d'ici et d'ailleurs, voyageant aux quatre coins du globe pour assister à des concerts orchestrés par les plus grands chefs. Une autre passion qui les animait : la philanthropie, aussi donnaient-ils de bons coups de pouce à différentes fondations cherchant à améliorer le sort de leurs semblables. La générosité ne les effrayait aucunement.

Puis, doucement, il plaça sa main sur le bras d'Élise et la fixa avec un sourire complaisant : « Vous savez, votre oncle vous aimait beaucoup. Henri et sa femme vous avaient, en quelque sorte, pris en charge au décès de vos parents. Il m'en parlait souvent. Il était heureux de vous avoir transmis certaines valeurs, dont l'éducation et la force de caractère. Il était ravi de vous voir combative à l'école et à votre travail. Il vous admirait. Chapeau, madame Élise Dandurand. » Se levant lentement, il retourna à sa place, reprenant son rôle de notaire. Élise, ébahie, venait de vivre un moment magique. Elle venait d'entendre son oncle lui parler à travers les paroles du notaire. « WOW ! » se dit-elle.

Il reprit là où il s'était arrêté. Il prit le tube et le vida de son contenu pour confirmer l'authenticité du document. Levant la tête : « Madame Élise Dandurand, permettez-moi de vous lire le testament que votre oncle m'a confié de vous dévoiler. Je vois que vous semblez étonnée, et avec raison. Toutefois, je n'ai aucune directive quant à ses motivations.

Je ne fais qu'exécuter ses dernières volontés. Je vous lis son deuxième testament qui vous est destiné. Aujourd'hui, vendredi 25 novembre 2016 :

> *6 juillet 2016*
>
> *« Moi, Henri Dandurand, lègue à Élise Dandurand, ma nièce préférée, ce qui constitue le reste de mes avoirs, à savoir et sans s'y limiter : comptes de banque, placements, actions privées et boursières, polices d'assurance vie et tout autre produit financier.*
>
> *À ce jour, ces avoirs totalisent quelque 32 millions de dollars canadiens. Tu pourras en disposer comme bon te semble. Je ne te demande que deux choses : continuer ma démarche philanthropique, voire lui donner encore plus d'importance en élargissant ses horizons, puis, je te prie d'en profiter à plein, la vie est si belle.*
>
> *Pourquoi ne pas fonder une famille ?*
>
> *Maître Philippe Duclos te fournira tous les documents et l'assistance nécessaires pour en devenir propriétaire.*
>
> *Ton oncle Henri qui t'aime et qui te souhaite un joyeux 32 ans. »*

Élise était pétrifiée sur sa chaise. Avalant sa salive, la bouche sèche : « Je prendrais bien un verre d'eau, s'il vous plaît. C'est quand même incroyable. Oncle Henri me lègue tous ces avoirs-là ? Mais c'est beaucoup trop ! Comment je vais faire pour comprendre tout ça ? Je n'y connais rien en affaires », réfléchissait-elle, inquiète.

— Ne vous en faites pas avec ça. Comme indiqué dans son testament, je vais vous aider. Je le lui ai promis. Ne vous en faites pas. Dites-vous que ce n'est pas pire que de gagner 60 millions de dollars à la loterie. Ce n'est que de l'argent, après tout.

— Bon, d'accord. C'est un bon point. Mais un gagnant à la loterie ne reçoit pas tous ces trucs financiers que le commun des mortels, comme je le suis, ne comprendrait pas.

— Je vous le rappelle, je vais vous assister. Si vous le souhaitez, pour rendre les choses simples, tout peut se convertir en argent sonnant et placé dans un compte de banque, le temps de vous faire une idée pour la suite. Ne vous faites surtout pas de soucis.

— Oui, ce sera une excellente solution. Mais, attendez ! Le chiffre 32, fit-elle remarquer. C'était donc ça : 32 ans, recevoir l'enveloppe de votre main à 14 h 32 min, l'ouvrir devant l'horloge lorsque les aiguilles des minutes indiqueront 32 minutes. Pas possible. Oncle Henri avait vraiment écrit tout un scénario, s'exclama Élise, levant la tête vers le haut. Où que tu sois, tu m'étonneras toujours. Merci, oncle Henri. Et vous, Maître, vous saviez tout cela ?

— Secret professionnel, répondit le notaire, arborant un grand sourire complice. Je crois que ce sera assez pour aujourd'hui. Je vous donnerai un coup de téléphone très bientôt pour établir un plan d'action quant à la paperasse et toutes ces choses. D'ici là, si vous avez des questions, ou qu'importe, n'hésitez pas à communiquer avec moi. Je vous donne mon numéro de cellulaire. Que Dieu vous garde.

— Mais voyons, Maître. Vous ne pouvez pas me laisser comme ça. C'est beaucoup trop. J'ai besoin d'explications. Je vous en prie ! insista-t-elle.

Il la fixa comme un père regarde son enfant qui angoisse. Pour la rassurer, il se leva, alla s'asseoir près d'elle et coiffa sa main des deux siennes : « Votre oncle avait eu cette idée que je trouvais quelque peu bizarre, et après m'être laissé convaincre, je l'ai assisté pour la concrétiser et monter, comme vous l'avez mentionné, une scène théâtrale. Je ne pouvais pas refuser, à ce cher ami, cette proposition testamentaire originale. J'ai monté dans sa barque et nous avons vogué doucement jusqu'à la fin. Êtes-vous maintenant rassurée, madame Dandurand ? »

Chapitre 13

Direction : Honduras

— C'est le temps du départ.

— Avant, j'peux t'poser une question ? demanda Bob.

— Oui, vas-y.

— Comment as-tu su que j'viendrais c'soir-là ?

— Tu sais, Bob, j'ai mes méthodes, et je le savais. Je ne t'en dirai pas plus.

— Oui, mais…

— Tu m'as bien dit une question.

— Eh ! *Come on*. Une chose que j'comprends pas. Qui j'ai tiré ? C't'était-tu un gars ou ben non une femme ? Pis comment tu m'as maîtrisé ? Pas dur à répondre, ça ! martela-t-il.

— On se calme. Tu me fais rire. Un vrai petit garçon qui veut savoir s'il a gagné ses épaulettes. Et oui, tu l'as malheureusement tuée et je n'ai pas pu éviter ce meurtre. C'était une femme. Tu as été trop rapide. Tu m'as surpris. Quand tu es entré dans l'appartement, tu n'as pas perdu une seconde et paf, paf, paf, tu as tiré. J'ai cru que tu allais avancer dans la pièce, ce que tu as fait, mais après avoir tiré. Là où je me trouvais, je ne pouvais pas intervenir. Il y avait un obstacle : la porte d'entrée. Dès que j'ai aperçu ta bouille, je t'ai visé et je ne t'ai pas manqué. Dommage pour la victime. Content, là ? conclut-il.

— Non, non, non, stie, t'as pas répondu à mon aut'question, insista Bob.

— Ah ! Comment ai-je réussi à te maîtriser ? répéta l'inspecteur, sourire en coin, plutôt moqueur. Je vais te le dire. Mon plan était de t'attendre sagement et, au moment de ton arrivée, de t'envoyer au pays des rêves, et dans ton cas, au pays des cauchemars, par l'utilisation d'une carabine à fléchettes anesthésiantes, comme utilisées par des vétérinaires pour calmer et endormir rapidement un éléphant. Je t'ai eu, mais hélas ! une fraction de seconde trop tard. Je te voulais vivant. N'es-tu pas heureux d'être toujours en vie ? questionna-t-il sur un ton moqueur. Tu devais m'en être reconnaissant.

— Pour endormir un éléphant ! Crisse, t'aurais pu m'tuer, tabarnak'd'estie d'malade mental. Pis, chus pas si gros qu'ça, dit Bob, offusqué.

— Tu me fais rire. Calme-toi. Bien non, la dose était très bien calculée. Il me fallait la bonne, qui agirait instantanément et dont l'effet serait approprié pour la suite des choses. Tu sais, je ne pouvais pas courir de risques. Et là, tu te sens bien en vie, non ?

— OK ! Mais, dis mouin, comment t'as su de quand j'arriverais à l'appart ?

— Ah ça, c'est mon secret. On a chacun notre méthode.

— Tu gardes toute pour toué. Pis pour l'Afghanistan, t'as-tu pris le goût de tuer, toué rendu flic ? demanda Bob.

— Tu veux savoir si je suis dans le cercle restreint des tueurs tortionnaires de l'armée ? répondit l'inspecteur en ricanant.

— Ouin, cé ça.

L'inspecteur tarda quelque peu à lui répondre. Il leva la tête et fixa son regard dans le vide en se grattant le cou, tout en passant ses mains dans sa courte chevelure, donnant l'impression qu'il en avait gros sur le cœur, se mordillant la lèvre inférieure. Effectivement, il avait servi dans les forces armées et avait été déployé en Afghanistan, mais surtout en Iraq comme entraîneur pour l'armée de ce pays, et il n'avait jamais torturé qui que ce soit. Il avait choisi ce pays pour faire parler Bob, car dans l'imaginaire des citoyens, le Canada avait effectué beaucoup de missions en Afghanistan. On ne parlait que de ce déploiement. Toutefois, sur le terrain, on lui avait raconté en détail ce qu'était la torture exécutée par des membres des services secrets de certains pays impliqués dans ce conflit armé. Pour ne plus attirer l'attention, ces tortionnaires avaient changé leurs méthodes machiavéliques suite à la médiatisation mondiale de 2004 des sévices infligés par les Américains dans la prison d'Abou Ghraib, ville située à l'ouest de Bagdad. La diffusion de photographies montrant des détenus irakiens torturés et humiliés par des militaires américains avait déclenché « Le scandale d›Abou Ghraib ». Il s'était servi des histoires horribles des méthodes utilisées autant en Iraq qu'en Afghanistan pour embrouiller l'esprit de Bob, pour qu'il puisse se convaincre qu'il pouvait en arriver à les utiliser s'il ne se mettait pas à table. Et cela avait fonctionné.

— Pour être franc avec toi, cher Bob, je n'ai jamais été le bourreau de personne.

— Facque là, tu m'en as contée une ostie d'bonne ! conclut Bob d'un air déconfit et étonné. T'as jamais tiré personne dans ta vie militaire et d'flic ?

— Bien sûr que c'est arrivé. Quelquefois, il faut ce qu'il faut. C'était l'autre ou c'était moi. Mais, c'est mon travail. Et quand il faut dégainer, non pas sur commande comme toi, eh bien, je dégaine. Comme tu le vois, mon expérience m'a bien servi, tu as collaboré, je t'ai épargné et te voilà devant la liberté. Surtout, n'oublie jamais notre *deal*. Dans cette enveloppe, tu retrouveras ton argent, ton passeport et tes papiers d'identité. Bon, c'est le temps de partir. Allez, les gars, amenez-le ! ordonna-t-il à ses deux compères.

— Une p'tite dernière, supplia Bob.

— OK ! Vas-y.

— Pourquoi tu n'm'arrêtes pas ?

— Parce que, c'est un « un pour trois ». Terminé. Bon voyage.

Bob, complètement sidéré, monta dans l'auto qui s'éloigna du hangar et disparut rapidement à travers l'immense dédale de routes menant à l'aéroport. Direction : Honduras. Muet durant le trajet et regardant le paysage défiler par la fenêtre, il était maintenant fixé à l'idée qu'il ne pourrait plus jamais revenir au Canada, sous peine de finir sa vie en prison, ce qu'il ne désirait évidemment pas. Au fond de lui-même, il était reconnaissant envers l'inspecteur Laplante pour la faveur conditionnelle qu'il lui accordait. Il se jurait de ne plus mettre les pieds sur le sol canadien.

Allait-il vraiment refaire sa vie dans ce pays d'Amérique latine ? Ce dur à cuire avait-il décidé, enfin, de se ranger et de rester peinard dans ce magnifique pays, sirotant au passage margarita sur margarita, et profitant de la gastronomie du pays ? Il n'était pas du genre épicurien, du moins pour la nourriture. Plutôt genre poutine, hot-dogs, cola. L'adaptation risquait d'être difficile. Cependant, futé et astucieux, il aurait tôt fait de se fondre dans la vie de la populace. Il connaissait certaines personnes de son milieu qu'il allait vraisemblablement rejoindre. Il avait fait quelques aller-retour dans le passé et avait tissé des liens pas très catholiques.

Bob n'avait plus vraiment d'attachement pour Montréal. Il vivait en ermite depuis le décès de ses parents, la rupture définitive avec les membres de sa famille et avec « le milieu ». Il fomentait ses coups en solitaire et ne devait ainsi rien à personne. Il n'était jamais retourné dans son quartier qui avait été complètement rasé, défiguré et dénaturé au profit de la « génération-morveux X Y Z », comme il les surnommait, par la construction sauvage de tours de bureaux et d'habitation. Toutefois, dans le quadrilatère voisin, il y avait bien un petit café où il aimait se rendre de temps en temps, les jours où la serveuse Jacqueline travaillait. Elle lui rappelait sa mère. Même taille, yeux verts et brillants, cheveux roux, longs et attachés avec des pinces. Elle était toujours souriante et la clientèle l'appréciait et l'aimait, ce qui le rendait quelque peu jaloux. Il n'avait conservé aucun souvenir matériel de sa maman. À son décès, ses frères et sœurs s'en étaient accaparés. Seule une petite photo, offerte par sa mère lors d'une visite à l'école de réforme, qu'il gardait précieusement dans le fond de son portefeuille. Cette serveuse le faisait voyager dans le temps. Elle l'avait affectueusement surnommé « mon frisé ». Cela le réconfortait.

Chapitre 14

Quand tout redevient blanc

— Jonathan, que fais-tu ici ? questionna Éther.

— J'allais te poser la même question. Et toi, Steve ?

— C'est l'inspecteur qui…

— Qu'est-ce que cela veut dire ? l'interrompit Jonathan.

L'inspecteur leur avait donné rendez-vous dans un vieil immeuble du centre-ville de Montréal, un édifice anonyme et banal, leur laissant croire qu'il voulait les rencontrer en personne et seuls. Ils avaient été convoqués à des heures différées de 15 minutes avec promesse de tenir cette rencontre secrète, prétextant qu'il avait des renseignements importants provenant des uns et des autres, contre les uns et les autres. Il leur avait donné l'adresse, l'étage ainsi que le numéro de la porte. Ils n'avaient qu'à entrer et attendre quelques instants.

Une table rectangulaire de quelque 300 cm sur 100 cm était placée au centre de la pièce de 30 mètres carrés. Trois chaises alignées côte à côte, sur un côté et en face, une autre chaise réservée à l'inspecteur. À l'avant, placé quelque peu à leur droite et à quelque 4 mètres de la table, un téléviseur plat de 60 pouces qui ne diffusait que des millions de pixels. Tout au fond de cette pièce, et à peine discernables, un petit escalier et un grand rideau noir cachant une estrade. L'endroit avait déjà servi à des étudiants en théâtre et avait été fermé faute de budget. Un faisceau de 3 mètres provenant du plafond éclairait le centre de la pièce. Le reste de l'endroit était plongé dans la pénombre prononcée.

— Merci à vous d'avoir accepté mon invitation. C'est très apprécié, dit l'inspecteur, sortant de nulle part. Je vous en prie, veuillez prendre place, les invita-t-il, désignant les chaises. Une fois qu'ils eurent pris place, ils virent deux hommes en costume noir faire leur entrée et se placer près de la porte d'entrée. Les trois invités, surpris, les fixaient d'un regard agacé et interrogateur. « Ne faites pas attention à eux, ce sont mes hommes : les agents Duval et Marcelin. Je leur ai demandé de monter la garde pour éviter d'être dérangé. Il y a toujours des cours de toutes sortes qui se donnent dans l'édifice. » Puis, une jeune femme arriva du fond de la salle et s'installa à une petite table que personne n'avait remarquée, et placée à l'arrière du téléviseur. « Bonjour, Stéphanie. Stéphanie est une collègue spécialisée en présentation vidéo. Moi, l'informatique, vous savez, ce n'est pas mon truc », affirma l'inspecteur sur un ton mi-amusé. Jonathan, Steve et Éther étaient immobiles et bouche bée.

— Mais, que fait-on ici ? questionna nerveusement Steve.

— Ouais, reprit Éther sur un ton condescendant.

Jonathan ne broncha point.

— Moi, je n'ai rien à faire ici, dit Steve. Je m'en vais d'ici. Viens-t'en, Éther.

— Rassoyez-vous, ordonna l'inspecteur en pointant les deux chaises d'un index autoritaire. Steve jeta un regard au-dessus de son épaule pour constater que les deux gardes avaient déjà fait un pas en avant, le fixant d'un regard qui en disait bien long. Le couple reprit place sans rien ajouter.

— Lorsque j'aurai terminé ma présentation, vous pourrez partir. Sans problème. Mais avant, je vous demanderais d'être très attentifs à ce que je vais vous révéler. J'ai besoin de votre aide pour essayer d'élucider la disparition autant subite qu'inattendue de monsieur Jérôme Dandurand et de madame Élise Dandurand. Cette conversation sera enregistrée et filmée pour éviter d'éventuelles dissonances d'interprétation pour, comment dire, être tous sur la même longueur d'onde.

« Tout d'abord, faisons un saut en arrière, si vous me le permettez. Au décès de l'oncle Henri, celui-ci légua à Jérôme Dandurand 2 millions de dollars, 200 000 $ à vous, Éther Dandurand, et une horloge grand-père à Élise Dandurand. Quelles étaient les motivations du testateur pour distribuer de cette façon ses biens ?

Évidemment, nous ne le saurons jamais. Par contre, quelle est LA motivation pour voir disparaître Jérôme Dandurand ? Bien sûr, l'argent. Et si ce jeune homme innocent perdait la vie, qui en bénéficierait ? Ses héritiers d'office : vous, Éther Dandurand, et votre sœur Élise. Mais cela ne vous convenait pas. Vous avez donc forcé la main à votre frère pour qu'il rédige un testament olographe en vous désignant comme étant l'unique héritière de ses biens. Puis, vous l'avez accompagné à sa banque pour qu'il ouvre un coffret de sécurité pour y déposer et sécuriser ce testament olographe rédigé, signé et daté 14 jours avant son décès, soit le 17 octobre 2016. Ainsi, en cas de mort, vous seriez la seule bénéficiaire. Comme vous pouvez le voir sur ces images tirées des caméras de la banque, vous entrez, accompagnée de votre frère, vous vous dirigez vers un comptoir de service pour qu'il ouvre ce compte. Et bien sûr, vous vous êtes assurée de présenter à la personne responsable de ce service une procuration, que vous avez tapée, à l'aide de votre ordinateur, et que vous avez fait signer par votre frère, vous permettant ainsi d'avoir accès en tout temps à ce coffret.

— Mon ordinateur ? s'insurgea Éther.

— J'y reviendrai plus tard.

Puis apparurent à l'écran la procuration et ce testament dont l'assistant Duval avait fait une copie sans toutefois le saisir comme pièce à conviction, car il avait été manuscrit sur une feuille de papier beige pâle lignée. Il ne pouvait pas le remplacer par une photocopie, craignant une visite inopinée de madame Éther Dandurand, mandataire. Cette dernière détourna la tête, fixant le plafond.

— Mais voilà, tout a changé lorsque je vous ai présenté le dernier testament olographe de votre frère, daté et signé le 30 octobre 2016, soit la veille de sa mort. Lorsque je vous ai mentionné, à vous et votre sœur, que deux individus, un homme et une femme, selon les traces de gadoue, avaient fouillé l'appartement de votre frère, et qu'on vous a dérangés, c'était mes hommes qui avaient le mandat de s'y rendre pour investiguer, et vous avez pris la poudre d'escampette. Comme vous pouvez le voir sur cette vidéo captée par le cellulaire de mon adjoint, c'est vous, Éther, accompagnée de Jonathan, qui fuyez les lieux. La technologie étant ce qu'elle est devenue, nous pouvons très bien discerner vos physionomies, et même le numéro de la plaque d'immatriculation et le modèle d'auto appartenant à Jonathan. N'est-ce pas merveilleux, la technologie ?

— Ça ne prouve strictement rien, dit Éther. Oui, nous sommes allés chez Jérôme, mais la porte était verrouillée. Nous avons essayé par l'arrière et avons laissé tomber. Nous avons pensé qu'il n'était pas là ou qu'il était profondément endormi, cuvant son vin.

— Désolé de vous l'apprendre, mais vous étiez dans l'appartement de votre frère. Nous avons pu relever des empreintes et les comparer aux vôtres.

— Vous ne pouvez pas. C'est impossible. Vous n'avez aucune de mes empreintes digitales dans vos banques de données.

— Dorénavant, oui. À la minute où j'ai placé l'exemplaire du testament de votre frère sur votre table de salle à manger, vous et votre sœur avez posé vos doigts sur ce document pour l'approcher, pour mieux le lire, et au moment où vous vous êtes invectivées, je l'ai subtilement substitué par un autre tout en déposant sur la table un troisième exemplaire pour consultation. J'ai donc vos empreintes, et vous étiez dans l'appartement avec Jonathan Moore à la recherche de ce fameux testament.

— Pardon, monsieur l'inspecteur. Vous ne pouvez pas prouver que j'étais dans l'appartement. Oui, vous me voyez sur la vidéo. Je ne faisais que l'attendre. Éther m'avait demandé de la déposer devant l'immeuble et de l'attendre à l'arrière. Je ne connaissais absolument pas la raison de cette visite.

— Espèce de salaud, tu étais avec moi dans l'appartement, martela Éther. Sale bâtard.

— Ferme-la ! ordonna Steve. Ce qu'elle fit.

— Pourtant, vous semblez fuir les lieux, accompagné de madame Dandurand. Cependant, et je vous l'accorde, vous avez peut-être raison, monsieur Moore. Je ne peux pas prouver noir sur blanc que vous étiez dans l'appartement. Mais, ne vous inquiétez pas, j'ai autre chose qui va assurément vous intéresser.

« Je me suis posé une question : quelle était votre motivation pour vous rendre à son appartement, et que cherchiez-vous au juste ? Mes petites cellules grises m'ont guidé et m'ont donné la réponse.

— On croirait entendre Hercule Poirot, ironisa Éther.

— Je le prends comme un compliment, madame. Votre frère vous a prétendument prévenu qu'il avait rédigé un nouveau testament et vous tentiez de le retrouver et de le détruire. Il vous a téléphoné deux jours avant son assassinat, soit le 28 octobre 2016, précisément à 14 h 17. Nous avons retracé l'appel. Dans l'heure qui a suivi, vous vous précipitiez à la banque pour vérifier le contenu du coffret. Rien ne semblait avoir bougé. Donc, vous vous êtes rendue immédiatement à son appartement pour tenter de le trouver, car vous aviez quand même un doute. Hélas ! vos recherches furent vaines, et vous avez sûrement cru que votre frère vous avait joué un de ses tours. Pour une raison qui m'échappe, aux petites heures du matin du meurtre, vous et Jonathan y êtes retournés. Toutefois, vous avez été dérangés dans l'exploration des lieux et vous avez pris la fuite par la porte arrière. Désolé pour vous, mais mes hommes ont trouvé ce que vous recherchiez, soit le testament de Jérôme. Il était dissimulé sous un papier peint légèrement décollé, dans sa chambre, à l'arrière de la tête de lit.

— Sérieusement, monsieur ! Oui, il m'a téléphoné, mais il n'y avait personne au bout du fil. Par l'afficheur, je savais que c'était Jérôme et j'ai raccroché. Je ne conteste pas du tout les images que vous diffusez. Je me suis rendue à la banque pour vérifier si mon frère avait, qui sait, ajouté des effets dans son coffre. C'est quand même moi qui avais la procuration pour veiller sur ses affaires. Il n'y a aucun lien avec ce coup de fil. Et vous n'étiez quand même pas là à écouter notre possible conversation. À part ça, comment savez-vous ça ? C'est de l'invention. Il n'y a pas eu de conversation entre mon frère et moi.

— Aussi, je vous confirme à l'instant par cette image le relevé des appels entrants et sortants de vos compagnies de téléphone respectives qu'il y a bel et bien eu une conversation, madame, d'une durée de 3 minutes 48 secondes, et vous avez attendu tout ce temps avant de raccrocher ? Permettez-moi d'en douter, madame. D'ailleurs, voici des extraits sonores de cette conversation :

Montréal, 28-11-2016 – 14 h 17

Conversation téléphonique, propriétaires et numéros des appareils identifiés, entre : Jérôme Dandurand et Éther Dandurand.

JÉRÔME DANDURAND : Salut, la sœur.

ÉTHER DANDURAND : Oui, qu'est-ce que tu veux ? Grouille, j'ai pas que ça à faire.

JÉRÔME DANDURAND : On se calme, la sœur. Je veux juste te dire que ton testament, que tu m'as fait écrire et signer, bon ben, je l'ai déchiré et je l'ai joyeusement jeté aux ordures.

ÉTHER DANDURAND : Mais voyons, pourquoi as-tu fait ça ?

JÉRÔME DANDURAND : J'ai changé d'idée et j'en ai refait un autre.

ÉTHER DANDURAND : Mais voyons, pourquoi et pour qui ?

(Court moment de silence.)

JÉRÔME DANDURAND : Ça, ma chère sœur, je-ne-te-le-dis-pas. Aux bonnes sœurs, tiens ! HA ! HA ! HA !

ÉTHER DANDURAND : Ben voyons qu'est-ce que je t'ai fait ? C'est pour protéger ton patrimoine que j'ai fait ça, pour toi. Penses-y. Tu sais très bien que je t'aime. Bon, j'avoue que je n'ai pas toujours été fine avec toi, c'était pour ton bien. Aujourd'hui, j'ai changé. Je veux me reprendre. Pour preuve, je voudrais, en cas de décès, on ne sait jamais ce qui nous pend au bout du nez, te protéger. Pour être certaine que tout sera correct et en bonne et due forme après ton éventuel décès.

JÉRÔME DANDURAND : Dans le fond, tout ce que tu veux, c'est mon argent. Tiens, je pourrais tout donner à Élise.

ÉTHER DANDURAND : Élise ! Elle ne s'est jamais occupée de toi. Elle t'a toujours fui, fait mal paraître aux yeux de la famille. Fouille dans ta mémoire, tu vas comprendre. Non, sans blague. Ce ne serait pas un de tes tours, ça, hein ?

(Court moment de silence.)

JÉRÔME DANDURAND : HA ! HA ! HA ! Je t'ai bien eue. Tu as deviné. Tu m'as déjoué. Ben non, je n'ai rien changé. Tu peux en être assurée. Rassurée, la sœur ?

ÉTHER DANDURAND : Ah ! Toi. Tu m'en as fait vivre des choses.

JÉRÔME DANDURAND : Et ce ne sera pas fini. Bon ben, bye !

ÉTHER DANDURAND : Attends, Jérôme, je veux juste te dire que je t'aime et…

(Suite de la conversation sans incidence pour l'enquête et fin de la conversation.)

Votre frère, quoi que vous en pensiez, était un expert en informatique. Ces échanges téléphoniques ont été enregistrés par un logiciel installé sur son ordinateur, dont on a retrouvé le fichier. Or, votre macabre opération était en branle et vous ne pouviez plus l'arrêter. L'appât du gain oblige.

L'inspecteur changea de sujet et se tourna vers Steve :

— Mais, comment trouver un assassin sur commande quand nous ne sommes pas du milieu ? Vous savez, le milieu du crime. Hum... Je crois savoir que monsieur Steve Pouliot tient un commerce de vente de véhicules de tout genre, pour tous les budgets, même pour certains clients qui n'en ont pas. N'est-ce pas, monsieur Pouliot ? Surtout, ne répondez pas. Vous avez même des clients, disons-le, douteux et issus du crime organisé.

— Oh, un instant, rétorqua Steve. Je n'ai pas à connaître la vie privée de mes nombreux clients, et leurs activités, leur job et leurs loisirs ne me regardent pas. Où voulez-vous en venir ?

— LA question que j'attendais : où je veux en venir ? Pour qu'il y ait meurtre, il faut un meurtrier. Mais où le dénicher si on ne connaît pas le milieu ? Et vous le connaissez assez bien, assez pour avoir communiqué avec un certain Marchello qui a refusé de collaborer, car ce genre de *business* ne l'intéressait pas. Vous avez insisté et il vous a référé à deux personnes : Bob, l'assassin, et l'homme à la barbe blanche, que vous, Jonathan, connaissez bien aussi. N'est-ce pas ?

— *Bullshit*, votre affaire, dit Jonathan en hochant vigoureusement la tête en signe de négation, les deux mains bien à plat sur la table. Non, mais, ça ne se peut pas, affirmer de telles conneries !

Il se croisa à nouveau les bras. On pouvait distinguer clairement les traces de moiteur laissées par ses mains. Devenu silencieux, il fixa le plafond.

— Non, mais, vous êtes tombé sur la tête, estie-de-pas-de-bon-sens ! dit Steve, jouant l'innocent avec maladresse. Il n'y a pas personne qui va croire une affaire montée en épingle comme ça. Vous frôlez l'amateurisme. Incroyable. Pitoyable.

— Messieurs, nous y reviendrons plus tard. Pas de soucis à se faire. Vous allez voir comment un amateur devient, tout à coup, un professionnel. Tout va bien, madame Dandurand ? Vous n'avez rien à dire ?

— Bien. Plus je vous écoute, plus je vous trouve ridicule, et votre histoire ne vous amènera nulle part. Pleine de trous. Un vrai gruyère. Ha ! Ha ! Ha !

Sans qu'elle le veuille nécessairement, ses propos avaient détendu l'atmosphère. Des sourires en coin de défiance venaient d'apparaître sur les visages de bois de ces trois suspects... ce qu'espérait l'inspecteur.

Puis, apparut à l'écran du téléviseur l'image de l'intérieur du Jack Bar où la plupart des places étaient occupées par des clients attablés fraternisant les uns avec les autres, verre de bière à la main. Il y régnait une ambiance détendue, comme dans la plupart des débits de boisson du genre. Un va-et-vient de clients vers les toilettes ou vers l'extérieur pour les quelques fumeurs, ou autres. La date et l'heure s'affichaient au bas de l'écran, à la seconde près. Une deuxième prise de caméra s'afficha à la droite de la première, puis une troisième apparut. Trois projections vidéo synchronisées, placées côte à côte. Différentes personnes, des visages reconnaissables d'une vidéo à l'autre. De nouveaux visages également, mais une seule constance : un homme attablé au fond, à droite, au même endroit, trois soirs consécutifs. Coiffé d'un chapeau à rebord, manteau en cuir noir de style aviateur, foulard marron, chemise assortie, cheveux châtains, moustache et barbe noires impeccablement taillées, buvant lentement sa bière pression.

— Qui est dont ce personnage ? questionna l'inspecteur à haute voix. Stéphanie, veuillez faire un gros plan du visage de cet homme, que l'on puisse le voir de face. Merci. Voyez-vous des irrégularités sur ces images ? Non ? Moi, j'en vois. D'abord, observez bien la position de la moustache. Tantôt centrée, tantôt plus à droite et puis plus à gauche. Et que dire de la barbe ! Tout est faux, même les cheveux. Mais, qui peut bien se cacher derrière ce mauvais déguisement ? Jonathan Moore !

— Vous êtes malade, répondit celui-ci spontanément. Une vraie farce.

— Désolé, mais c'est bien vous. Voici un zoom sur votre montre, la même que vous portez en ce moment.

— Je ne suis quand pas le seul à porter une telle montre, rétorqua Jonathan.

— Évidemment. Tous les clients de ce bar peuvent se payer une Rolex.

— Avec une carte de crédit, tout s'achète. Vous ne le saviez pas ? Donc, votre comparaison ne tient absolument pas la route.

— D'accord. Et sur ce nouveau zoom : une tache de naissance en dessous de votre oreille gauche, près de la mâchoire, et une cicatrice bien évidente. Si ce n'est pas vous, qui cela peut-il bien être ? Je ne vous demanderai pas où vous étiez le soir du meurtre. Les images parlent d'elles-mêmes.

Jonathan se décroisa les bras, coude sur l'accoudoir de la chaise, plaçant sa main tremblotante sur sa joue gauche, ses doigts masquant l'évidence révélée par ces images, puis se frottant nerveusement le menton. Il ne répondit pas, hochant la tête de droite à gauche en guise de mea-culpa, se sachant cuit. Il se croisa les bras à nouveau et se cala dans sa chaise, le regard vide. Puis, s'avançant sur sa chaise, une main sur la table et pointant l'inspecteur du doigt de l'autre main : « Je peux bien aller prendre une bière où je le veux, comme je le veux. Non ? Nous vivons dans un pays libre. Alors, fichez-moi la paix avec vos comparaisons grotesques et votre odieuse machination. Que recherchez-vous au juste, monsieur l'inspecteur ? À bâcler votre enquête bidon en vous acharnant sur moi. Vous avez choisi la route de la facilité. Avez-vous une promotion en vue, monsieur l'inspecteur, vous faites tout pour épater vos patrons ? déballa-t-il, d'un air provocateur, jetant un coup d'œil inhabile et un sourire niais vers Steve et Éther qui simulèrent, front plissé, leur étonnement sur ces échanges verbaux.

— Pourtant, votre alibi ne colle pas à cette réalité. Vous m'avez avoué être à votre appartement, seul, et vous être couché tôt. Bon ! Maintenant, observez tous ces nouvelles images. Une vue de dos de Jérôme assis au bar, et à sa gauche, Dan, qui est son meilleur ami. Vous ne pouvez pas les distinguer nettement, j'en conviens. Mais voilà, ils se lèvent spontanément, et sur un autre plan, ils se dirigent vers les toilettes. Nous pouvons très bien distinguer Jérôme, votre frère, madame Dandurand.

Elle baissa les yeux vers la table tout en y pianotant de ses doigts et en se mordillant l'intérieur des joues. Steve, immobile, les bras croisés, fixait le vide. Jonathan se grattait la tête.

— Donc, chers invités, quelques minutes plus tard, les deux amis reviennent à leur place et continuent leur soirée. Des connaissances, hommes et femmes, viennent converser avec eux. Rien d'anormal. Il arrive qu'un des deux fasse un tour à la toilette seul. À chacun son métabolisme. Le troisième soir, on retrouve l'homme au déguisement, appelons-le comme ça pour l'instant, qui rejoint Dan qui se dirige vers la toilette, pour lui faire une proposition qu'il lui sera difficile de refuser : il lui dit que lui et des copains ont organisé une superbe de belle surprise pour Jérôme, à l'arrière du bar. Une surprise qu'il adorera. Tout ce qu'il devra faire est d'aviser discrètement le barman pour avoir la permission d'ouvrir la porte arrière, exceptionnellement, comme ils sont de très bons clients, de convaincre Jérôme de sortir seul du bar par cette porte, et surtout d'empêcher, durant 5 minutes, quiconque de tenter d'en faire autant en faisant office de portier pour les circonstances. Pour s'assurer de sa loyauté, l'homme au déguisement lui glisse un billet de 100$ dans la poche de chemise à carreaux en lui indiquant qu'il quitterait le bar pour assister à la surprise et qu'il comptait sur lui. Dan accepte. Nous connaissons tous la suite, n'est-ce pas ?

— En tout cas, vous êtes un bon raconteur, mais peu convaincant.

— Dan, le copain de Jérôme, dont je ne divulguerai pas l'identité complète, nous a tout raconté dans les moindres détails. Comme il l'avait promis à l'homme au déguisement, après les 5 minutes, il sortit du bar, convaincu de faire la fête. Hélas, son copain était étendu au sol, yeux grands ouverts de frayeur, figure crispée, dans une mare de sang. Paniqué, il tenta de rentrer dans le bar, mais cette porte de sortie était verrouillée de l'intérieur. Il frappa de toutes ses forces, mains et pieds. Le barman finit par lui ouvrir la porte, également convaincu que c'était la fête dans la ruelle. Dan cria à répétition de faire le 911 afin de demander l'assistance d'une ambulance et d'aviser la police. Dan retourna vers Jérôme pour tout tenter. Une serveuse qui avait une certaine expertise en premiers soins l'assista. Mais, en vain. Voilà pour cet événement macabre.

Éther, Steve et Jonathan se demandaient comment l'inspecteur avait pu découvrir avec autant de précisions le fil des événements.

— Vous nous avez présenté tout un film, et de très mauvaise qualité. Un film de science-fiction. Aucune preuve pour appuyer tout ce que vous nous avez raconté et ce que vous avez tenté de démontrer par des images à l'écran. C'est d'un ridicule consommé. Je crois que vous avez raté votre profession. Vous auriez été un très bon romancier, dit Éther. Bon, j'en ai assez. Nous en avons assez entendu. Allez, les garçons, nous partons.

— Non ! Restez en place, je n'ai pas fini, intervint l'inspecteur, haussant le ton et prenant un air dramatique.

— Ben là. Il n'y a plus rien à dire, dit Steve sourire en coin.

— Madame, messieurs, c'est ici que tout va se jouer.

— Bon. Qu'est-ce qu'il va nous sortir, encore ? dit Éther, rigolant.

Les alibis invoqués par Jonathan et Éther ne l'avaient pas convaincu, car ils ne pouvaient être corroborés par aucune personne. Seul Steve pouvait confirmer qu'il était attablé dans un bar avec des amis. Et l'envolée hystérique d'Éther au moment de sa rencontre chez elle pour le dévoilement du testament de Jérôme faisait craindre pour la sécurité d'Élise.

Visionnement du 16-11-2016

Lieu : Résidence de Éther Dandurand et Steve Pouliot.

Jonathan Moore, assis au bout de la table, salle à manger. Éther Dandurand, assise à sa droite. Ils se tiennent les mains.

ÉTHER DANDURAND : Maudite Élise qui a tout fait rater. Elle nous a fait perdre 2 millions de dollars. Te rends-tu compte, Jonathan ? DEUX MILLIONS !

JONATHAN MOORE : Oui, je sais. Qu'est-ce qu'on peut faire ? N'y aurait-il pas moyen de contester le testament de ton frère ?

ÉTHER DANDURAND : Non. Je me suis renseignée et Steve aussi. Deux millions, ça n'a pas d'allure. La baveuse nous l'a volé. Elle doit payer.

(Steve Pouliot fait son entrée. Le couple se distancie.)

ÉTHER DANDURAND : Bon, te voilà enfin.

STEVE POULIOT : Le trafic. Pis, où en êtes-vous, les amoureux ?

ÉTHER DANDURAND : Eh, que tu peux être stupide, quand tu veux. Sers-nous donc à boire. Nous aurons des décisions importantes à prendre. Te rends-tu compte, elle nous a chipé 2 millions de dollars.

STEVE POULIOT : Ben oui, je sais, ça fait deux jours que tu m'en parles. Pis, qu'est-ce que vous avez décidé ?

ÉTHER DANDURAND : On n'a pas le choix. Faut l'éliminer et comme ça, l'argent me reviendra de droit.

JONATHAN MOORE : Ben là, on n'en a pas assez fait comme ça ?

ÉTHER DANDURAND : Jonathan, tu ne vas pas te dégonfler. Tu vas la laisser partir avec notre argent. Tu es fou ou quoi ?

STEVE POULIOT : Éther a raison. C'est du vol, fait sous notre nez. Je suis convaincu que la belle-sœur a dressé Jérôme contre nous et l'a facilement convaincu d'écrire un nouveau testament. Si ce n'est pas du vol, qu'est-ce que c'est, hein ? Et toi, cher Jonathan, si tu n'as pas ta part, qu'est-ce qui va t'arriver ? Tu n'as pas une petite dette de... quoi, 200 000 $ envers tes petits copains new-yorkais ? Tu sais, les...

ÉTHER DANDURAND : Qu'est-ce que c'est, ça, Jonathan ?

STEVE POULIOT : Ton Jonathan a fait, disons, un mauvais placement aux cartes et il a un dû à payer rapidement. N'est-ce pas, Jonathan ? Pourquoi je le sais ? C'est que cet abruti avait espoir que je lui avance cet argent pour payer sa dette. C'est alors que je lui ai présenté notre plan comme solution. Avait-il le choix ? Tu es dans le coup, Jonathan, et on va aller jusqu'au bout et récupérer notre argent. Est-ce assez clair ?

JONATHAN MOORE : Steve, tu n'es qu'un mangeux d'marde. Ce n'est pas ça, l'histoire.

STEVE POULIOT : C'est encore pire…

(Le ton monte. Propos parfois incompréhensibles. Les deux hommes se lèvent et se menacent en s'invectivant. Ils en viennent aux mains. Éther intervient pour les séparer et les calmer.)

ÉTHER DANDURAND : ASSIS. ON SE LA FERME. De vrais adolescents en manque. Écoutez-moi bien, notre plan pour Jérôme a échoué à cause de cette maudite folle. On n'a pas 56 solutions : l'éliminer en procédant comme on l'a fait avec mon trou-de-cul de frère. Jonathan, tu reprendras contact avec ce Bob, et l'autre, pour leur donner les instructions : adresse, code d'entrée de l'édifice et numéro de porte avec instructions de la tuer. Est-ce assez clair ? Jonathan, fais ta job. Une fois supprimée, les 2 millions me reviendront, car elle n'a pas de descendants. C'est la loi. Et on fera le partage. Bon, tu nous sers à boire ?

(Fin de l'enregistrement)

— C'est très révélateur, n'est-ce pas ? dit l'inspecteur.

— Encore une fois, ça ne veut rien dire, dit Éther, bégayant. Rien ne prouve que nous ayons commandé le meurtre d'Élise ni celui de Jérôme. Oui, nous en avons parlé, mais sans rien mettre en pratique. Ce n'était que l'expression de la frustration. De belles images, rien de plus. Aussi, quand et qui a installé ce système ? Et ce n'est pas légal, ça.

— Pour répondre à vos questions, oui, c'est tout à fait légal. Un juge a sanctionné le tout par l'émission d'un mandat. Prétextant vérifier la fiabilité du réseau, de faux techniciens du câble, spécialistes en la matière, ont pu installer des micros et des caméras à votre résidence. On vous avait téléphoné la veille pour vous aviser qu'il y avait un problème technique chez les abonnés de votre rue et que deux techniciens se présenteraient le lendemain matin pour vérifier vos connexions. Sans le savoir, vous leur avez laissé le champ libre en sortant de votre résidence pour passer des coups de fil avec votre cellulaire. Je connaissais la place pour m'y être rendu à deux reprises. J'ai eu le temps d'observer. J'avais donc repéré les points stratégiques pour capter ce que vous avez vu et entendu. Pendant votre absence, nous avons fait de même pour votre appartement, monsieur Moore. Passons maintenant en mode haute vitesse. Vos lignes téléphoniques, autant filaire que cellulaire, ont été mises sous écoute, ainsi que vos connexions WiFi. Écoutez bien ce qui suit.

Le trio fit la moue, fixant l'écran où défila la transcription de leurs conversations.

Montréal, 19-11-2016 – 11 h 27

Conversation téléphonique, propriétaires et numéros des appareils identifiés, entre : Jonathan Moore et Bob (dont l'identité reste secrète).

BOB : Allo.

JONATHAN MOORE : Salut, Bob. J'aurais un autre contrat pour toi.

BOB : Té qui toué ? T'as bloqué l'afficheur ?

JONATHAN MOORE : Ouais. Tu sais, le Jack Bar ?

BOB : Ouains ! Ouains ! Cé quoi c'te fois icitte ?

JONATHAN MOORE : Je te donne une adresse, une heure et tu exécutes.

BOB : Combien ça paye ?

JONATHAN MOORE : 5 000 $, comme la dernière fois.

BOB : Heu… Non, 8 000 $, c't'à prendre ou à laisser.

(Court moment de silence.)

BOB : Hey stie, té là ?

JONATHAN MOORE : Oui, oui. OK, 4 000 $ en avance et le reste après publication dans les médias.

BOB : *Deal.*

JONATHAN MOORE : Je te rappelle quand tout sera prêt.

BOB : Ça veut dire quoi, ça ?

JONATHAN MOORE : Ça veut dire que je te téléphone d'ici quelques jours. Ne t'inquiète pas. Ça bien été la dernière fois. Ce sera la même chose.

BOB : OK ! Ça besoin.

JONATHAN MOORE : Une autre chose : sais-tu déverrouiller une serrure de porte d'appartement ?

BOB : Ben woyons, n'importe quelles stie d'serrures. Rien ne'm résiste, à part l'électronique.

JONATHAN MOORE : Good ! Je te rappelle. Salut.

BOB : OK ! S'lut

(Fin de la conversation.)

Montréal, 19-11-2016 – 14 h 27

Conversation téléphonique, propriétaires et numéros des appareils identifiés, entre : Jonathan Moore et l'homme à la barbe blanche (dont l'identité reste secrète).

L'HOMME À LA BARBE BLANCHE : Hello.

JONATHAN MOORE : Monsieur (--), c'est moi, pour une autre petite mission au parc Lafontaine. Vous vous souvenez ?

L'HOMME À LA BARBE BLANCHE : Ah, oui. Que voulez-vous, cette fois-ci ?

JONATHAN MOORE : Exécuter la même chose pour les mêmes conditions.

L'HOMME À LA BARBE BLANCHE : Non ! 1000 $ — 500 /500.

JONATHAN MOORE : Mais, c'est le double.

L'HOMME À LA BARBE BLANCHE : C'est comme ça.

JONATHAN MOORE : OK ! Je vous rappelle pour fixer une date et une heure de rencontre. Allo ! Allo !

(L'homme à la barbe blanche a interrompu la conversation.)

Montréal, 19-11-2016 – 14 h 34

Conversation téléphonique, propriétaires et numéros des appareils identifiés, entre : Jonathan Moore et Éther Dandurand.

JONATHAN MOORE : Éther, c'est Jonathan. OK, tout est arrangé. Il ne reste qu'à planifier les dates et ça va aller.

ÉTHER DANDURAND : Good. Viens à la maison et on va regarder tout ça.

JONATHAN MOORE : Juste une chose, les prix ont augmenté.

ÉTHER DANDURAND : De beaucoup ? Ce n'est pas grave. On en parlera plus tard. Je t'attends.

JONATHAN MOORE : Ton fou de mari sera-t-il là ?

ÉTHER DANDURAND : Ne t'en fais pas avec lui. Patience. Une fois l'affaire réglée, il va prendre le bord et nous pourrons être ensemble. Deux millions, t'imagines ? Bisous !

(Fin de la conversation.)

— Ahhhhhhhhhhhhh, mes tabarnak, s'écria Steve en tapant violemment les mains sur la table tout en se levant, fou de rage. En plus de vous débarrasser de Jérôme et d'Élise, vous..., vous..., vous complotiez pour en faire de même avec moi ? Et ramasser le cash ? continua-t-il, postillonnant abondamment.

Il voulut s'en prendre à Éther en lui portant un coup de poing à la figure, qu'elle put heureusement éviter de justesse en se déplaçant rapidement vers l'arrière, ce qui la fit tomber de sa chaise. Se retournant, il décocha une solide gauche en direction de Jonathan, qui eut le temps de l'éviter partiellement, et qui le projeta à son tour au sol. Les deux agents intervinrent rapidement en forçant Steve, plutôt costaud, à s'asseoir, et portèrent assistance à Éther. Jonathan se releva péniblement, visiblement secoué, se massant la mâchoire pour s'apercevoir qu'il saignait des lèvres. Steve était furieux, écumant sa rage en pointant d'un doigt oscillant sa femme et Jonathan et en marmonnant des injures. Ils prirent leurs distances. L'inspecteur resta sagement assis et observait la scène, muet et affichant un léger sourire de satisfaction. Il tourna la tête en direction de Stéphanie et lui fit un signe de tête afin que le présentation continue. Les agents Duval et Marcelin se postèrent derrière les 3 congénères et restèrent aux aguets.

Montréal, 24-11-2016 – 10 h 43

Conversation téléphonique, propriétaires et numéros des appareils identifiés, entre : Jonathan Moore et Bob (dont l'identité reste secrète).

BOB : Allo.

JONATHAN MOORE : C'est moi. Voici tes instructions.

BOB : Crisse, fas-tu exprès pour masquer ta voix d'même ?

JONATHAN MOORE : Aucune importance. Demain, 17h, tu te rendras à la même place que la dernière fois. Tu te rappelles ?

BOB : L'affaire de l'obélisse du parc Lafontaine en face de l'hôpital. C't'encore ça ?

JONATHAN MOORE : Oui. L'obélisque. Le même homme à la barbe blanche te remettra la moitié de l'argent et tes instructions pour…

BOB : Cé ioù ?

JONATHAN MOORE : Tu liras tes instructions.

BOB : Crisse, cé ioù ? Pas dur à comprendre, stie.

(Court silence, puis soupir.)

JONATHAN MOORE : Sur la rue Drummond, coin Docteur-Penfield, à Montréal, bien sûr. Tu sais où ça se trouve ? En haut de la côte.

BOB : Ouains, ouains. T'as-tu une clé pour entrer ?

JONATHAN MOORE : Non. Le code d'entrée de l'édifice sera écrit dans tes instructions. Tu n'auras qu'à déverrouiller la porte d'entrée de son appartement. Il me semble que tu m'avais dit qu'aucune serrure ne te résistait.

BOB : Oui, cé ça. C'est quoi son numéro de porte ?

JONATHAN MOORE : Ah ! Tu en demandes des choses, aujourd'hui ! C'est le 1324, mais c'est aussi écrit. Bon, demain à 17 h au…

BOB : Cé pour quand ?

JONATHAN MOORE : Lundi, 28, en début de nuit. C'est tout écrit…

BOB : Mouais. Salut. Pis n'oublie pas l'cash.

JONATHAN MOORE : Pas de problème.

(Fin de la conversation.)

L'écran tourna au noir. Ni son. Ni image. Un grand silence envahit la salle. Seuls des bruits de fond provenant des locaux éloignés encore occupés, et de faibles bruits de la ventilation résonnaient entre ces quatre murs.

— L'homme à la barbe blanche a remis les instructions. Le meurtrier s'est exécuté. Mon enquête est presque terminée, dit l'inspecteur en se levant de sa chaise. Vous avez tous les trois fomenté cette odieuse tragédie qui avait comme seul but l'argent, en vous débarrassant d'abord de Jérôme Dandurand. Puis, continua-t-il, fixant tour à tour les trois complices, de votre petite copine, de votre belle-sœur et de votre propre sœur, madame Élise Dandurand.

« En quelque sorte, votre premier complot a très bien réussi. Jérôme Dandurand a été assassiné, sur vos ordres, par l'entremise d'un assassin professionnel, mais vous n'en avez malheureusement rien retiré. Vous souhaitiez mettre la main sur sa fortune en lui faisait écrire un testament olographe que vous, madame Dandurand, lui avez dicté. Mais, au final, ce document n'a eu aucune valeur. Votre frère Jérôme vous a bien eue, comme mentionné en post-scriptum dans son dernier testament. Souvenez-vous, madame, lorsque je vous ai rencontrée pour vous annoncer la mort de votre sœur, le 31 octobre vers 6 h, et vous indiquer que l'identification du corps se ferait plus tard, vous ne m'avez démontré aucune émotion, pas de question, et de plus, à voir votre apparence, vous ne sortiez sûrement pas du lit. En réalité, vous et votre amant, Jonathan Moore, étiez chez Jérôme à la recherche de ce testament maudit.

Comme vous l'avez vu et entendu, votre intention macabre de troquer une vie contre de l'argent a lamentablement échoué. Fort heureusement, votre sordide deuxième plan a échoué. Eh, oui. En voici la preuve vivante.

L'inspecteur se leva et leur ordonna d'en faire autant. Il se tourna légèrement et lentement vers la scène en ne les quittant pas des yeux et tendit le bras, la main ouverte en guise de présentation. Les trois ouvrirent grand les oreilles et entendirent des pas venant de la scène. Ils ne pouvaient pas encore distinguer clairement qui se cachait derrière ces sons et cette forme qui venait vers eux. Puis, elle s'arrêta quelques centimètres à l'intérieur du cercle de lumière. « Haaaaaaaaaaaaaaaaa aaaaaaa ! » Un cri terrifiant envahit la pièce. Éther venait de reconnaître ce spectre, sa sœur. « Tu es morte ! Tu es morte ! Ce n'est pas toi. C'est impossible, cria-t-elle, les yeux presque sortis de leur orbite. J'vais te tuer, voleuse, maudite salope ! »

Elle se projeta vers elle, hurlant sa haine comme une possédée, tendant ses bras et ses mains pour tenter de l'étrangler. L'inspecteur s'interposa et ses agents la mobilisèrent. Quatre policiers en attente dans le corridor depuis le début de la réunion entrèrent dans la salle et se postèrent derrière eux. Jonathan et Steve étaient debout, pétrifiés, yeux grand ouverts.

Élise s'avança vers eux et les pointa du doigt, l'un après l'autre, prenant un ton calme et décidé : « Toi, Jonathan, qui ne faisait pas que copiner avec Éther, dans mon dos en pur hypocrite, c'était devenu ton amoureuse, et en plus, tu es devenu son complice pour attenter à ma vie. Je comprends maintenant pourquoi tu ne répondais ni à mes appels, ni à mes courriels, ni à mes textos, ces derniers temps. Éther, pauvre innocente, il ne t'a jamais aimée. Tout comme un acteur interprétant le personnage d'un prétendant, il te jouait la comédie. Il a vu en toi la perle rare de sa vie, une solution rapide pour éponger ses dettes, disons-le, des plus embarrassantes. Je me demande bien comment tes petits copains de New York vont réagir une fois qu'ils sauront que tu es derrière les barreaux ?

— Mais Élise, commença Jonathan, ce n'est pas ce que tu penses. Je me suis fait avoir. Ils m'ont tendu un piège. Je te jure ! »

— Tais-toi, je ne veux plus t'entendre. En plus, tu as été embobiné par Éther et elle s'est servie de toi pour assouvir sa vengeance à mon égard. En fait, cela n'avait aucune importance à tes yeux. Tout ce que tu voulais, c'était le fric. Rien de moins. Vous n'êtes que de pauvres idiots.

— Steve, malotru, tout ce qui te motive dans la vie, c'est l'argent, que l'argent et, bien sûr, l'alcool et les bordels. Éther, ce que tu peux avoir été naïve. Et, comment réagiront tes copains mafieux lorsqu'ils apprendront que tout a foiré, et que répondras-tu au juge lorsqu'il te demandera le nom de ton contact ?

— Mange d'la marde !

— Bien sûr. Je ne te souhaite pas « bonne chance ».

—Et toi, ma foutue sœur. Je me suis toujours posé cette question existentielle : « Comment un cerveau comme le tien peut-il fonctionner ? » Je crois qu'à partir de ma naissance, il y a eu un déraillement de ta courroie d'intelligence qui s'est finalement rompue et a endommagé le peu qui te restait.

— Maudite vache. Tu n'aurais jamais dû venir au monde. Tu as gâché ma vie. Je te déteste. Je te hais du plus profond de mes tripes. JE TE HAIS ! hurla Éther.

— Inutile de le crier, je le sais depuis longtemps. Tu t'es toi-même gâché la vie. Ta cupidité maladive, ta colère sans cesse renouvelée envers la vie. Tu n'as jamais cessé de me dénigrer, de dire du mal de moi à qui voulait l'entendre. Tu n'as jamais pensé une seconde à tes deux enfants qui n'auront plus de mère et de père et ça, ce ne sera pas une grande perte. Tu n'y as jamais pensé, ne serait-ce qu'une seconde ? L'égoïsme et l'orgueil t'ont tuée. Je n'aurais jamais, au grand jamais pensé que tu étais prête à tuer pour assouvir ta vengeance. Mais quelle vengeance ? Tu t'es raconté une histoire qui s'est transformée, au fil du temps, en film d'horreur. Je suis triste pour toi, mais je ne compatirai jamais avec toi et ton malheur. Votre cupidité est punie. Que cela vous serve de leçon. Adieu !

— Vous êtes tous les trois en état d'arrestation pour complot, meurtre par association, tentative de meurtre, gangstérisme, extorsion, dont le but était de faire assassiner monsieur Jérôme Dandurand et madame Élise Dandurand, annonça l'inspecteur, qui ajouta à l'intention des policiers : « Veuillez me les menotter et leur lire leurs droits. Embarquez-moi ces pourritures. »

* * * * *

Ils s'assirent pour reprendre leur souffle et tenter de digérer ce qui venait de se passer.

— Ça va, Élise ? lui demanda-t-il doucement et discrètement.

— Oui, si je puis dire, répondit-elle, la larme à l'œil, le front plissé, mais heureuse que tout soit terminé. Merci de m'avoir sauvé la vie. Stéphanie, ma belle, vous avez été formidable d'accepter de m'héberger durant cet épisode.

Elle se leva..

—Je ne saurai jamais comment vous remercier, poursuivit-elle en l'étreignant… les deux ayant les larmes aux yeux.

— Merci, mes chers collègues et amis. Allez, on débranche tout.

— Pardonnez-moi, inspecteur, insista Duval. Avant de quitter, je tiens à vous le dire, le mannequin à l'appartement de madame Élise, cela a bien fait le travail ! Génial, votre plan.

— Merci. Mais, c'est nous tous qui avons réussi. Mission accomplie !

— Cependant, puis-je m'entretenir seul à seul avec vous ?

—Je vais m'éloigner, dit Élise.

—Je vous en prie, veuillez vous asseoir, Éli… madame Dandurand. Je vous reviens.

— Pardonnez-moi, patron, je ne voulais pas…

— C'est beau. Allez-y, fit l'inspecteur, tout en se dirigeant vers la scène.

— Pourquoi n'avez-vous pas arrêté Bob ? Je m'attendais à recevoir vos ordres pour ce faire, au moment où nous nous dirigions vers l'aéroport ?

— Vous êtes un jeune et brave limier. Sachez qu'il y a des règles non écrites qu'il faut respecter dans la vie. D'abord, il y a la parole. Tenir parole, c'est sacré. Même dans le cas de Bob. Je lui ai proposé un *deal*, il a accepté et il a collaboré. C'est ce que je voulais. Malgré tout ce que nous avons vu et entendu, je n'avais aucune preuve tangible pour l'inculper du meurtre de Jérôme. Aucune. Bob, lui, croyait que j'en avais suffisamment. Et il a marché. Concernant le deuxième pseudo-meurtre, voyez par vous-même, madame Dandurand est bel et bien en vie. Sachez, Duval qu'on ne peut jamais, au grand jamais, inculper une personne sur des présomptions. On ne doit aucunement se tromper. Que voulez-vous ? conclut-il, lui plaçant la main sur l'épaule. Le meurtrier nous a échappé ! Il le gratifia d'un léger sourire et d'un clin d'œil complice.

Chapitre 15

Deux semaines plus tard

— Voilà ! Tout est terminé, dit Peter, assis confortablement sur le canapé d'Élise, la serrant dans ses bras, tête contre tête, lui caressant les cheveux.

— Pas encore. J'aimerais te poser deux questions.

— Tiens, tiens, tiens, te voilà inspectrice maintenant, s'amusa-t-il.

— Hein, hein, hein. Dis-moi, pourquoi tu ne m'as pas demandé de te confirmer le nom de mes copines et celui du bar où je me suis dirigée après mon travail ?

— Je te l'ai dit, ce n'était pas nécessaire.

— Et encore ?

— Tes magnifiques yeux bleus ne pouvaient pas mentir, Élise. J'ai su immédiatement que tu m'avais dit la vérité. Toutefois, pourquoi ne pas m'avoir tout dit lors de notre première rencontre à ton appartement en m'affirmant, à 2 h 10, que tu arrivais de ton bureau, d'une longue journée de travail ? Je connais déjà la réponse, mais je souhaiterais te l'entendre dire par cette splendide bouche qui ne demande qu'à être caressée de mes douces lèvres magiques.

— Holà, l'inspecteur, intervint-elle, lui brandissant son index, dans un éclat de rire. N'essayez pas de m'acheter avec votre charme. Tombeur de femmes, va ! Bon, si tu insistes : après m'avoir annoncé cette terrible nouvelle, et lorsque que tu m'as demandé de te confirmer mon alibi, je ne souhaitais vraiment pas que mes copines se fassent réveiller à leur domicile par la police. Tout s'est passé si rapidement dans ma tête. J'ai tout pris sur moi, au risque d'être punie. J'ai pris une chance. Ça vous va, monsieur le limier ? En plus, tu te moques de moi, tu ne connais même pas la réponse.

Il accapara son téléphone posé sur la table d'appoint, ouvrit l'application Notes et lui fit lire ce qu'il avait tapé. En plein dans le mille : « Élise menti — haleine alcool — éviter impliquer entourage = police ».

— Alors, ma belle. Ça te surprend ? reprit-il d'un air narquois, paraissant quelque peu prétentieux, un large sourire aux lèvres.

— Bravo, chef ! Vraiment tout ? lança Élise toute souriante, d'un air coquin.

— Oui, je crois que tout est maintenant terminé. Et ta deuxième question ?

— Si nous prenions un café ?

— Un café ? Hum, je crois déceler dans ton regard que tu as une idée en tête et que…

— Oui ! Mon cher ami. Aux Deux Magots, répondit-elle, lui coupant la parole.

— À Paris ? demanda-t-il, feignant d'être surpris. Alors là, j'accepte volontiers cette invitation des plus originales, avec grand plaisir, ma chère Élise. J'ai justement accumulé des jours de congé.

— En as-tu vraiment besoin ?

Il l'embrassa… Ils s'enlacèrent…

« L'Hymne à la joie » envahit agréablement l'esprit d'Élise.

* * * * *

TABLE DES MATIÈRES

CHAPITRE 1
Montréal — 31/10/2016, 2 h 10 11

CHAPITRE 2
Le service funèbre....................................29

CHAPITRE 3
La découverte, la stupéfaction 39

CHAPITRE 4
Bob dit el Trapu 51

CHAPITRE 5
Le petit-déjeuner...63

CHAPITRE 6
La méfiance 83

CHAPITRE 7
L'horloge du temps 93

CHAPITRE 8
Bob devenu indic 101

CHAPITRE 9
L'inspecteur passe à go !...........................109

CHAPITRE 10
Visite d'Élise chez le notaire 117

CHAPITRE 11
L'horloge se révèle 129

CHAPITRE 12
La surprise de l'oncle Henri.....................137

CHAPITRE 13
Direction : Honduras................................155

CHAPITRE 14
Quand tout redevient blanc 161

CHAPITRE 15
Deux semaines plus tard...........................195

www.ingramcontent.com/pod-product-compliance
Lightning Source LLC
LaVergne TN
LVHW010430230826
846092LV00009BA/1114

* 9 7 8 2 9 8 1 6 5 4 5 0 2 *